流感

关于都市里的人们

王蕾／著

山東畫報出版社

图书在版编目（CIP）数据

流感：关于都市里的人们 / 王蓄著. —济南：山东画报出版社，2016.7
ISBN 978-7-5474-1880-2

Ⅰ.①流… Ⅱ.①王… Ⅲ.①随笔－作品集－中国－当代
Ⅳ.①I267.1

中国版本图书馆CIP数据核字（2016）第106469号

责任编辑 秦 超
装帧设计 宋晓明
主管部门 山东出版传媒股份有限公司
出版发行 山東畫報出版社
社 址 济南市经九路胜利大街39号 邮编 250001
电 话 总编室（0531）82098470
市场部（0531）82098479 82098476(传真)
网 址 http://www.hbcbs.com.cn
电子信箱 hbcb@sdpress.com.cn

印 刷 山东临沂新华印刷物流集团
规 格 148毫米×210毫米
5.75印张 22幅图 150千字
版 次 2016年7月第1版
印 次 2016年7月第1次印刷
定 价 27.00元

自 序

influenza，流感，不是那个我们所认识的感冒。

某一天，我们在不知情的前提，无意中经由不同的方式，比如和一群同样不知道得了流感的人一起度过一段美好的午餐时光。或者待在一个被病毒感染的小空间里并且超过了二十七分钟，健康的我们不知不觉地也就被感染了。任由这些细微的家伙迅速地侵入到我们身体的每一个部位，皮肤、血液和正在忙碌着各自重要使命的体内器官里。

我们的身体逐渐开始出现各式各样不同于以往的异常。这台机器变得像是小巷深处老旧的木门一样，在推门之间吱吱呀呀、在狂风呼啸的深夜里低吟哀鸣。

我们发现自己的呼吸开始不那么舒服，平常几乎感觉不到的普通气流在进入或者离开与之对应的器官（喉咙、鼻腔）也需要厮杀一场。呼与吸之间的碰撞加重了刺痛，一切习以为常变得困难起来。我们剧烈地咳嗽，扁桃体开始出现炎症，曾经的美味此刻再也无法打动我们，所有简单的吞食下咽都变得异常艰难。我们的体温有可能升高到39度甚至以上。在气温计冲向一个又一个更高的数值时，寒冷在不知不觉中袭来，头开始剧痛，所谓清醒也是稍微头痛变轻后的昏昏沉沉；全身的肌肉酸、痛，没有一点力气，走路需要强大意志力的支持，否则时刻会瘫倒下来。

这些身体所能感知到的难受都是流感带来的恶作剧，像是一滴又一滴黑色的墨水倒进了一杯水里，一丝一丝地将原本的透明清澈染成了深色，清澈再也不见；而我们的心里也忘记了微风、与所爱之人的对话以及舒适有趣的生活，唯一能让我们温暖的，是一杯温水、几粒药片和一张柔软的大床。

已经转为病人角色的我们，因为客厅里的琐事或者写字间里压得喘不过气的工作拖延着，并没有立即冲进医院。就这么拖延着，似乎一切可以很快便能好起来，烦恼终将消失，一觉醒来宛如昨日，有力气奔跑、有力气微笑；但恰恰相反，我们依旧昏昏沉沉，怀念着那个生机勃勃的自己。

忙乱中，我们凭借自己的认知，四处寻找并吞下一颗颗不同颜色、不同功能、对或者不对的药丸和冲剂，期望它们可以在一瞬间发生奇迹般的作用，恢复成那个有力气有食欲有兴趣做点什么继续过着普通一天的自己。

我们虚弱、头晕、无力，但仍然靠着给自己的精神催眠，活动在这个城市的某个地方，炎症伴随的节奏型喘气、咳嗽、阵痛，一会儿发热一会又感到寒冷。于是，在某一刻，整个人终于垮了下来，像老去的迟暮之人、像正在死去的癌症晚期病人。流感在不同的个体身上继续蔓延着，引发出我们身体里各种各样更加严重的问题。比如，有些变成心脑血管急症，有些变成肾衰竭，甚至某个我们出现了神经系统损伤，几天之后导致了这个鲜活生命的结束。是的，我们说的是，流感带来的死亡。

借助偶尔了解的知识，我们中的一部分患者仍然在自负地使用各种中西医药物和抗生素。他们也并不知道这些色彩斑斓的药物或许对流感病菌没有任何效果，也不知道滥用的抗生素还会导致身体里出现耐药的菌株，给自己埋下更大后患。

在病情不严重的情况下，我们中的另一部分患者继续与周围的人共食握手，在封闭的空间里接触、对话、接吻、上床。于是，流感开始从一个人到另一个人、从一个空间到另一个空间里传播了。不到一天内，病毒被不同的人群带至不同的空间，潜伏并伺机爆发。

和流感病毒一样，情欲、肉欲、失去、贪婪、脆弱、无法释怀滋生了这个城市里大大小小的病毒温床，并感染了行走期间的男人、女人、孩子和老人。

于是，病毒又进一步传播开来，直到我们每个人都被它所感染。

在等待红灯的时候，神志不清地紧握方向盘；在深夜里无法入睡，病毒变成一些人的样子在我们心里隐隐作痛；甚至，在不经意的对话中，病毒会借助某个词汇，让我们哑口无言、泪流满面。旋律、气味、触感，甚至一场雨，都让我们失去光彩，一瞬间被拉入一个叫恐惧的深渊里，那里看不清模样的徘徊者撕扯着我们，直到一切喜悦、平静消失在无尽的黑暗之中。

记忆像一副X光片，呈现着不规则散布的斑点和肢体的轮廓，被挂在某个锁起来的房间里。有时候，我们拿着钥匙小心翼翼地打开门，按下了观片灯箱的开关，只为看看那些光片上的早已不在的人们的骨架和他们病理变化的各种斑点；而有时候，我们会在深夜里醒来，那副X光片却变了样子，骨骼在生长、斑点在游走，分不清到底这是谁拍过的片子，任由它张牙舞爪地震慑在我们的眼前。

流感，在我们的身上，留下一副又一副不同时间的底片，存放于每个人脑海里的观片灯箱上，变幻着。0.01 到 100 埃的波长，记录着我们生病的样子，却已经被这不堪的记忆搅得混沌不清了。

王蕾

2016 年 5 月 17

此刻屋外下起了小雨

少华（本书插画作者）

以前我很想弄明白，为什么我的世界会存在很多我想不通搞不明白的物质关系；这些复杂而且不明确的关系，到现在依然是一个未知的，或者说是一个存在于我幻想中的答案。

当周围的人就某些关系向我寻求答案的时候，我会想很久。因为面对“答案到底是什么”而产生出巨大的恐惧，尤其是想到了被安放在我幻想中的答案，我会感到更加孤单。

是的，我想寻求释放，但是一直没有找到合适的、坦然的、令我信服的答案。于是，我只有努力地不去想，因为我真的害怕。

色彩多样化的世界里有我幻想的未来、我的朋友，还有我对这个世界无知的看法。

什么时候我可以知道正确的答案？

我真的很想知道，巨大的恐惧、孤独感觉令我很难受。所以，一直以来，我都在用笔勾绘着幻想中的答案。

或许，你看到了？

路灯暗了，靠着床头上暗的灯光，这个大雨的夜晚，对照这些重复看了好几遍的故事合集，我想了很多。应该怎样来表达对于这个虚拟世界人物的看法？我脑海中有黑色、有白色、有绿色，也有涟漪形状的图案，有开始往下压得很重的笔锋，也有不敢下手的困扰。真的很难，用我的色彩世界和色彩的形状来告诉你，什么是我所认为的答案。

如果你能理解我对世界的想法，我将会很欣慰。

因为我在展示“他”“她”和“它”在这个世界的组成方式，还有“他们”对于这个世界复杂的情感，包括希望和绝望两个不同的部分。但有时候，随着不同的故事走进去，真的会跟我幻想中的答案交织在一起，我会沉进去。

不要烟花、不要星光、不要任何东西，只要问问自己内心的想法，也许在昏昏沉沉的一刹那得到梦幻般的美好，是最令人安慰的。画面是我唯一可以来掩饰和表达最深处复杂情感的工具。这个世界有时候变得太真实太残忍，即使没有看见，也能听见，我还在衡量怎么去理解、怎么去接受。

2009 年 12 月 26 日，傍晚，北京下了很大的雪，零下十几度，我拖着很重的身子漫步在一条几乎没有声音的街道（到底是没有人、没有声音，还是在我的记忆中，声音被我抹去了，我真的不记得了）。阴暗的不远处，一位大叔拿着笔在画一个缩起身子的乞讨者。而那个乞讨者也眼睛睁睁地看着我们。他似乎没有力气，看着看着，我和乞讨者便对视了。

他想说什么？

他的眼神告诉我，他真的很想说什么，他冷得全身在发抖，我很想过去问他为什么不回家，他的家在哪里？

但是我没有走过去，画画的大叔一句话也不说，安静地画着，那些笔下的画面很真实。

有时候，有些画面看得久了，脑子里面就都成了那些画面。这个世界太真实了，令我害怕的画面会存留很久。

那个时候，我的脑海里有太多思绪：画画的这位大叔在想什么？他在画什么？他画出的是物质、精神还是代表了物质和精神的一种真实？

也许到现在我也没弄明白物质世界关系的存在，为什么会有这些那些复杂的关联？

物质表达了这个社会的变化，这些存在令我无法理解，或者，我该睡了，于我之外的世界的色彩，在很深的夜里已经一点一点蔓延了开来。

2016年5月

重庆

目　录

年轻
90CM × 150CM
油画
少华绘

年 轻

沈小姐的长相不是很惊艳，我们这么说，仅仅是说她在白天不算非常漂亮；不过，夜晚的时候，化了稍微浓一点的妆容、穿着能突出自己身体特征并裸露出一部分的衣服时，她的样子还是非常令人心动的。而沈小姐也知道自己的优势，知道在什么时候可以适时地用微笑、眼睛和身体抓住别人的心——当然，我们说的是如何抓住大部分男人的心，还有极少部分女人的心。

沈小姐在中午十二点醒来，屋子外面下着小雨，她拉开帘子站在窗台边看着外面。像往常一样，此刻她还有点麻木，1 分钟、5 分钟甚至 10 分钟，她可以呆呆地看上很久。仿佛那是另一个世界，借由这另一个世界和它所承载的嘈杂，她可以一点一点回到已经习惯了的现实生活里。

楼下是条不太宽的马路，稀稀疏疏的两排梧桐树在经历了昨晚的风雨之后，落了一地的叶子。绿色、黄色和棕色的叶子横七竖八地躺在潮湿的路边，和纸屑、塑料袋和其他被遗忘在路边的东西，一起浸在低洼的积水里。沿街的商铺不算多，都很居家，有小餐馆、包子铺、24 小时便利店、干洗店、五金杂货店、理发店和一家宠物医院。街头有一家快捷酒店，很晚回来的时候，沈小姐总把酒店的招牌灯当作给司机指路的标志。街尾有一个菜市场，早晨熙熙攘攘，黄昏忙忙碌碌。这些店啊、场啊，养活着包括沈小姐在内的很多人。

沈小姐喜欢白天的时候在家里的卫生间里洗澡。这样的淋浴让自己感觉很健康、很年轻，开着浴霸加上自然光，手机放着音乐在淋浴房外，非常有安全感。这半个小时的淋浴，也就是连续播放七八首歌时间，有在自己家里的归属和自在的放松感。浴后，沈小姐舒服地裹着毛巾回到房间，开始整理整理自己，涂涂润肤露，然后在屋子里无遮无拦地用那台比拖拉机还要吵的吹风机吹干自己的一头浅棕色的长发。插头距离镜子有点远，沈小姐不得不半弯着腰侧着头。顺着自己的眼睛，沈小姐可以看见自己的胸。那里的衣服塌下来，自己可以清楚地看进去，像楼下刚蒸好的豆包，圆圆的鼓鼓的乳白色，也像蛋糕上软软的奶油，很好吃的样子。

沈小姐打开手机登上微信，看了看留言和姐妹们的动态，有人做了新指甲、有人追了新的电视剧、有人逛街试衣服、有人转转自我激励的鸡汤文字。熟客也会上来聊几句，沈小姐一般都会对自己喜欢的客人发些更新的自拍过去，跟一个嘴唇或者一颗红心的对话图标。

房间里太过安静，沈小姐想放点音乐，换了好几首之后终于找到了一首钢琴曲，听上去非常舒服，旋律时而舒缓时而轻快，配合室外时有时无的小雨，优美极了。沈小姐想着家里的妈妈和弟弟妹妹、邻居新盖的房子、已经结婚生子的初中同学，到底是难过、怨恨。还是其他什么，郁闷地说不清楚。沈小姐觉得不能这样去想，得给自己找点事情做或者找人呆着。

屋子里有点乱，沈小姐似乎从郁闷的沉浸中找到了救命稻草，此刻，收拾房间像救护车一样准备拉着她离开这个狭小的空间。她迅速地从椅子上坐起来，摸了摸自己的脸，准备把所有脑袋里的琐事排空，开始全身心投入到整理屋子这件事情上。整理，当然从整理衣服开始：哪些是日常穿的、哪些是晚上工作穿的，需要归类放在一起。沈小姐是个爱打扮的姑娘，这个房间里按照单位统计，最多的应该是衣服；其次是熟客送的小玩意儿，从化妆品到纪念品，鞋子和包，比如仿 A 货的两款等名牌包，一模一样的各有两个。整理杂物和包这些东西比较简单，只要整整齐齐把他们收在该放的地方就好了，类似把多余的钱一定要存进银行一样；而收拾房间的愉快，能让她更加精神十足地忙碌上一个小时。

每一件不在衣柜里的衣服，她都要闻一闻，上面的烟味重不重、酒味浓不浓，决定着该不该洗一洗或者晾一晾这件衣服。虽然沈小姐自己也抽烟、工作环境也是烟雾缭绕，但是她每天都会带着一身清淡的香水，换上没有烟味的衣服出门。这间屋子里紧身 T 恤最多，各种颜色、图案、风格的 T 恤，大多数都是低开口的。不过一个人在家的时候，沈小姐很少穿这些低开口的衣服，还是爱穿那些有可爱小动物的家居服、更舒服的裤子，比如印着米老鼠或者小熊维尼的睡衣睡裤，甚至拖鞋都要有卡通图案。“我其实心里是个小姑娘，特别特别小”，沈小姐会依偎着特别熟悉的客人说这么一句，感受着客人像抱孩子一样抱着她。

脏衣服放在盆子里，穿过一次而且厚一点的外套挂在阳台上散散烟味，袜子扔在水池里，这是沈小姐处理衣服的一般顺序。手洗衣服虽然累人，但是轻薄的一件浅色衣服，沈小姐可以边听音乐边洗很久。不开工的时候，她很享受自己在家里用手洗衣服（轻薄的、浅色的，当然），自己的钱包里有几张百元现钞，或者银行卡里数字越来越多，配合这些场景，想象着自己是个不用怎么操心未来的小媳妇，也不用担心外面的大风大雨。

然后就是沈小姐不太喜欢做的地面卫生清理。沈小姐很讨厌扫地这种家务活，从小她看邻居的老妇人拿着大扫帚画着圈扫她自己家的院子，即便洒了水，也有尘土飞扬；看学校传达室的老头儿拿着扫把清扫教学楼前的空地，扫一会咳半天；第一份工作是在餐馆打工，要每天早中晚扫地、拖地。她痛恨这种过于简单的地面清理，这项工作，以及地面上随时会飞扬起来的灰尘让沈小姐置身一片污物里。无论是尘土还是积灰，都让沈小姐觉得自己永远都无法摆脱那一层灰蒙蒙的颜色。于是，只要是扫地，沈小姐一定选择用拖把，这种带着水的工具像一个巨大的水球，弹着跳着就可以吸走飘浮在空气里的所有灰尘。一阵忙碌之后，房间的地面印上了一片又一片水渍，反着光、升起潮湿之气。沈小姐这才松了口气坐在沙发上，后悔着自己先洗了澡，这下子背上又出了点汗。

当沈小姐有点懊恼地坐在沙发上，顺手整理沙发上的化妆品和零食残渣，思考要不要再去冲个澡的时候，电话铃声响了起来。手机显示为本地号码，但不是熟悉的号码，沈小姐换上不温不火的声音接了陌生来电，原来是送快递的人。

换好了衣服匆匆到楼下小店代收包裹的地方取回快递，沈小姐边走边拆。包裹里面是一个用过的白色信封，依稀还有其他被涂抹过的字迹，上面也写着沈小姐的名字。信封里，是她花了100块钱找人做的新二代身份证，证件上的照片还是两年前那张，沈小姐留着短发，干干净净地看着镜头，白色立领的衬衫，像个写字楼的上班族。这次的身份数据是：1986年10月1日生，有效期20年。沈小姐并不觉得这有什么不好，至少，她又可以再年轻4岁。虽然假证是为了其他目的，比如晚上出门的时候，怕跟着客人去了不同的场子出了什么问题、怕碰到检查、怕纠缠不清的客人，带个假身份证其实可以免除很多后顾之忧。

快到晚上的时候，沈小姐换好衣服，在楼下小店吃了点东西，坐地铁去上班地点旁边的一个美甲店化妆。这里每天大概固定有20个左右跟沈小姐一样的姑娘来化妆，偶尔店员会因为其他顾客投诉这些年轻姑娘在店里抽烟而发生一点摩擦。关于这一点沈小姐很认同店员，因为在化妆间里，她不愿意沾到任何烟灰或者类似烟灰的东西。一般来说，不到半个小时，这里的美甲师可以把任何一个女高中生模样的普通姑娘变成妖艳的女人。假睫毛、重彩妆、闪耀各色的指甲，以及她们即将换上的衣服，这所有的组合，加上夜晚的音乐和酒精的刺激，足够让任何男人着迷、冲动起来。

沈小姐知道这种时刻男人想要什么，知道不同的男人需要哪些刺激，知道如何让这些男人还想要她，所以，沈小姐手里的熟客算是最多的，有一些男人，也有一个女人。

A女士是位内科女医生，一个看上去很普通富态的短发中年女人。因为沈小姐去看过一次病，所以A女士认识了她。机缘巧合的是，A女士除了有一个正常的家庭，当然我们说的是一个结婚多年的丈夫和一个共同养育的孩子，还有一些特殊的爱好，比如美丽的女色。两人再次的相遇是在一个餐馆，沈小姐刚从老客户家里出来，在路边的餐馆吃饭，碰到了下了班的A女士送孩子上课顺便自己吃点东西。A女士认出了沈小姐，打了招呼，沈小姐也和她客套了几句，最后在A女士的好意下，互相留了号码，A女士隐约猜到沈小姐是干什么的。第三次见面的场景，是沈小姐身体不太舒服，想起手机里还存着一个医生的电话，就打了过去，聊着聊着，A 女士就邀请她去医院检查一下，还特意强调了可以免费。沈小姐便跟着A女士在一所大医院里晃了半天时间，检查完，还一起在医院门口的甜品店喝了点东西，两个人也熟悉了起来。

再一次见面是约在近郊的一个度假村。A 女士告诉家人是同学聚会，便开车载沈小姐去了那个酒店，两个女人开房，再正常不过。沈小姐原来心底以为 A 女士有其他男性朋友同行，有一些比较激烈的安排。结果到了房间才知道，今晚就她们两个人。办完了入住手续，两人一起洗温泉，A 女士跟沈小姐穿着泳衣泡在室外的热气腾腾的小池子里，谈天说地。沈小姐抱怨自己的朋友、说自己遇见的各种客人，A 女士唠叨家里的琐事、说各种奇怪的患者。泡完温泉、吃了丰富的自助餐，俩人回到了酒店房间里。A女士握着沈小姐的手，从关上房门的那一刻开始，一直吻到床边。A 女士似乎很喜欢沈小姐的胸部，双手几乎没有离开过那里，沈小姐也是第一次陪一个女客人。按照自己对女人的了解，靠着双手，两人折腾到午夜，又简单地洗了澡，一边看着一部没头没尾的电影，一边聊聊各自的过往，相拥睡着。

沈小姐开始不太喜欢 A 女士这样的客人，但是一来二去，整个过程除了做那件事情以外，其他时间也就像是跟自己亲密的朋友在一起。而且谈天谈地两个人都很放松，尤其自己跟太多男人有肢体上的亲密接触，加上有免费医疗服务，多一个医生朋友也挺好。

A 女士定期带沈小姐去医院做各种免费检查，每次 A 女士都会给沈小姐一些她需要的药品。两人每个月见 1 次面，一起过夜欢愉的大多数是在那个度假村。沈小姐把A女士当成姐姐，慢慢地，也喜欢了姐姐的温柔。A 女士问沈小姐多大了，她说自己 1986 年的，29 岁了。

B 先生第一次跟沈小姐见面，是客户带他去了沈小姐常去的一个俱乐部。沈小姐当晚已经在那里很久了，但是被不同的客人退回去很多次。后来，在客户的引导下，B 先生带沈小姐去了酒店，结果他自己却不省人事躺在床上睡着了。醒来的时候已经半夜，沈小姐早走了，还好，钱包、手机，等等东西没少一样。再次见面的时候，是 B 先生招待几个客户，沈小姐跟几位小姐来打招呼。整晚上，B 先生都护着她，没让客户动她一根指头，沈小姐也没让 B 先生多喝一杯酒。B 先生特别喜欢沈小姐说话，所以后来，两人私下每次见面都会跟沈小姐聊上很久。B 先生问沈小姐多大了，她说自己 1989 年的，26 岁了。

多了这么一个姐姐，一个说话的情人，沈小姐不会孤单。白天，她睡到 11 点，晚上，她出门忙活，日子过得很快，但年龄过得都比别人慢，5 年时间，她只老了 2 岁。A 女士也继续着和 B 先生的婚姻，带着孩子在城市的某一栋居民楼里过着普普通通的生活。

水滴
60CM × 80CM
油画
少华 绘

水滴

陈先生酒量很好、酒品也不错，跟朋友吃饭、商务宴请，咚咚咚地灌酒没有一句废话。酒桌上，他陪别人喝的酒种类有很多，有啤酒、有红酒、有白酒，各色混着喝。他不算话多的，也不怎么爱劝酒，要是有人想跟他喝，他不温不火地陪着；要是有人不想喝不怎么能喝，他也不为难别人。有人讲笑话的时候，陈先生会附和着笑两声；需要贡献段子的时候，陈先生也不会让场面冷着。有人真吐得不行了，陈先生会扶他去厕所、帮他挡一挡酒、倒一杯茶。

所以，陈先生基本算个好人，被很多人认可。尤其在酒桌上，南来北往、同学同事、领导客户，陈先生安稳地陪着、喝着。

这一点，陈先生的太太不太认同，结婚5年，俩人一直没孩子。陈先生老婆自己检查过没啥毛病，陈先生自己被她拉去医院体检，也没啥问题。但是，她把这一切归咎在陈先生身上。她跟陈先生的岳母都认为，无论是工作的还是私人的饭局都可以推，酒也可以少喝。

为了照顾太太的情绪，在大多数情况下，如果陈先生的饭局喝了酒，一般不太先回家，找个茶馆或者咖啡厅坐会儿，再打车回去。所以，每周都有那么一两次，陈先生的酒宴散了以后，独自一个人跑到喝茶或者喝咖啡的地方，坐到打烊再回家。一个人在这些地方醒酒的时候，陈先生会估摸时间打打电话。多数时候，跟电话那头的对话都是简单的几句问候，比如吃的怎么样、身体怎么样、干了什么事情、变天要注意、出门也要注意等等，而对方有时候却不会等着陈先生把这些问题问完，听上一会儿他的这些问题简单答复几句就挂断了电话。偶尔陈先生太晚打电话过去，对方如果没接，陈先生便会发个短信，把那些问候用文字唠叨一遍。

周末晚上的时候，陈先生又赴局去了，这次是某位领导辞行的饭局，推不了。等陈先生到位的时候，包间里两大桌已经全部落座了，领导笑着说要罚酒，陈先生二话没说，笑了笑干了一杯白酒，足有三两。落座、开吃、段子、骂人、时政八卦、网上头条、各地美食、城中大事，荤素相间地散了开来。酒局过半，两桌的食客都被陈先生打过圈之后，邻桌又来一位中年男子，矮矮胖胖戴着眼镜端着一杯白酒来到陈先生面前，笑着说，陈先生是吧？说起来咱俩还有缘，你夫人跟我是同学，你们的婚宴我还参加过，来，干一杯。

陈先生二话没说，先干了就，笑着跟胖子聊了起来。原来，他是陈先生前妻的同学。

陈先生在第二段婚姻之前有过一段 2 年的婚姻，前妻跟陈先生感情算好，婚后一年生下一个儿子，小家庭倒也和和美美，直到过年的时候儿子跟自己在家门口放炮被炸瞎了眼睛。前妻跟陈先生的关系也僵了下来，直到越来越冷淡，分道扬镳。离婚前俩人商量，陈先生想自己带孩子，前妻也好再找人嫁了，而且自己老母亲在乡下，算上陈先生的收入，照顾起儿子来也绰绰有余；可妻子觉得儿子毕竟是自己的骨肉，孩子已经被陈先生这么伤了一次，怕再被他伤第二次第三次。于是，在前妻的坚持之下，失明的孩子判给了前妻，她也没有再婚，跟岳父岳母住在一起，照顾着这个已经残疾的孩子。

每月陈先生会付给前妻大几千作为赡养费，陈先生给自己的要求是付一辈子，直到自己离开人世。说这话给岳父岳母的时候，老人哭了，前妻却仍旧无动于衷。再婚之后，每次喝了酒回家之前，陈先生都是打给前妻住的地方，问问孩子的情况；碰到前妻接电话的时候，态度就不太好；碰到孩子姥姥和姥爷接了电话，会让孩子跟陈先生说几句话，电话那头会传来一个孩子的声音："陈叔叔，你好。"这声音听得陈先生五味杂陈，有一次挂完电话，陈先生冲到门口，吐得稀里哗啦，擦擦嘴，一个人窝在地上哭得死去活来。

今晚的饭局上，陈先生干了无数杯酒，跟眼镜男寒暄了几句，他就蒙了。眼镜男还在问他太太的事情，当然，眼镜男指的是前妻。这种时候，他只得搪塞几句，等宴毕人散，陈先生打了车离开。

要不回家跟自己太太摊牌，可是，妻子能接受这种事情吗？想着想着，车子已经开到小区门口，陈先生迟疑着付了款，还是决定给太太摊牌，或许有些事情也没有必要瞒着她，或许说了出来，陈先生自己也会好过一点。

五楼的灯光亮着，陈先生开门前闻了闻自己，烟味还有、酒味也还有。太太敷着面膜看电视，屏幕上放着轻歌曼舞的舞蹈大赛。在卫生间冲了冲澡、刷了刷牙，带着酒后麻木迟钝的清醒，陈先生已经瘫坐在沙发上了，旁边是太太。

——"有点事儿给你说，你转过来。"

陈太太带着面膜转了过来，白色的面膜下，是个面无表情穿着睡衣的女人。

噗嗤，陈先生笑了，看着这个戴着面具的女人，他吃吃地笑了。

——“笑什么笑，想说什么？”

迟疑了一会，陈先生说：

——“我爱你。”

——“爱我就给我少喝点酒，给我个孩子。”

——“行。”

——“刚你有电话，是你们公司老王，说有事情，你说这饭局都完了，还什么事啊？”

陈先生拨回给老王，原来是几个要好的同事临时兴起再整第二场，邀他也过来参加。陈先生在电话这头答应着“等着我”，挂了电话还是要跟太太商量下。太太虽然不太高兴，但前领导的局，碍于人情世故，还是同意了陈先生再出门赴约。

喝完妻子递过来的解酒药和一杯水，顺手陈先生拿上车钥匙匆匆穿了双鞋，下楼去车库发动了车子就出门了。一路上，陈先生在想，如果刚跟太太说了那个孩子跟自己的想法，现在是个什么样子？这会儿，妻子会在干什么，自己会去干什么？兴许，一切已经结束了；兴许，可以把那个孩子接过来；兴许，前妻可以再嫁人，脾气会变得好一些。

不知不觉中，陈先生的车已经开了好一会儿。关了窗户的车里安静极了，速度一会快一会慢，穿过灯红酒绿，穿过大厦跟人群，穿过轻轨高架。似乎车子外面跟车子里面是两个不同的世界，陈先生想起当年前妻生孩子的时候，也是这么晚。那天在家里，前妻羊水突然就破了，挣扎着叫自己。陈先生从卫生间跑出来，抱着前妻下楼，开车载着她冲去医院，走的也是今晚正在驶过的这条过江隧道。

隧道平缓的像根管子,车像水一样在这根巨大的管子里流着,灯光在头顶前方刷过,眼前一亮一暗,车里一亮一暗。在隧道换道的转弯处,陈先生稍许减慢了速度,跟当年一样,滑进隧道的另一个弯道,那里车很少,灯光在头顶前方刷过,眼前一亮一暗,车里一亮一暗。安静的车似乎能开回几年前,但车里的烦闷让陈先生有点受不了,他把左边的车窗放到最低,胳膊搭在车窗上。

隧道外的城市已经开始落雨,不太大,落的是春天的雨,不密但很能下。道路、高楼变得润润的、湿湿的,有些细微的雨滴飘到陈先生胳膊上,陈先生觉得很舒服。路人渐渐少了起来,雨跟一团一团烟一样罩在每个路灯下面,车子过了一团亮的烟又走进另一团亮的烟。钠灯的昏黄在这亮的烟雾之下,变得温而朦胧。

直到车子开到了一处地方,陈先生才意识到,这儿是前妻的家,自己曾经的家。小区门口偶尔有车开进,有人走进,而出来的,很少,很少。

陈先生打了个电话给老王,挂了电话就窝在车里,点了烟。陈先生拿起手机,拨出了一个号码,对方始终没有接听,他也叹着气挂断了。灰暗的灯光下,那烟头一亮一暗,一亮一暗。

半夜两点,陈先生醒来发现,原来车子早已一头撞在路边的树上,自己居然睡着了。雨似乎比之前大了,从路灯上一滴一滴,一丝一丝地落下来。不远处,一辆警车的灯转动着,蓝色和红色不停地闪动。一个人影从警车方向朝他走过来,不知不觉,两行热泪从陈先生的眼里流了出来。

早点
50CM × 80CM
油画
少华 绘

早 点

对期望的过度描绘，让整个世界显得生机勃勃令人心动，犹如幻灯片一般，一张又一张投在白色的屏幕上，落下五彩斑斓的无限可能，只等待忘情的观众为之感动。我们不禁抬起头来，一遍又一遍回放起这些画片，让梦想返照进冷酷的留白之上，用此遗忘飘着腐烂垃圾的街道、无法抑制的愤怒和即将到来的失去。

今天的天气很好，阳光从窗外照射进病房里来，窗台上的花瓶里插着一束康乃馨，黄色的花和红色的花在阳光这个魔术师的手里变得近乎透明，脆弱娇嫩的淡黄色和淡红色花瓣似乎已经融化在一片灿烂之中。墙边的凳子闪闪发亮，自然光足够强烈，以至于照在椅子上的光反射到了对面那片空空荡荡的白墙上，留下一大片白色的光和一小片金色的光斑。走廊里不时有人走来走去，隔着门还能听到那些窃窃私语和一块塑料制品掉在地上并被捡起来的声音。

王先生从深沉的睡眠中逐渐醒来，起身坐在病床上，拿起手机看了看无关紧要的新闻和移动社交平台上杂七杂八却又真真切切的图文信息，随手把手机放在了床头柜上。王先生掀开被子，坐在床边考虑该穿什么衣服合适：应该穿羽绒服吧，也不能忘了毛裤跟厚鞋垫。换好衣服的王先生慢慢走到窗口边，感觉自己右边的膝盖像是没有上油的齿轮，石膏一样硬硬的。走路的时候王先生还在想，会不会下一步腿会从膝盖的部分直接断掉，像折一次性筷子那样折成两截。

王先生挪着步子站在窗台跟前，刺眼的阳光第一时间让他有点眩晕，昨天晚上刮了一夜大风，吹得天上没有一丝云，天也蓝得出奇。远处高山的轮廓线看上去很明显，近处一片又一片灰色的高楼，间或有一小片空地，被光秃秃的树木包围了起来。楼下马路上的行人看上去也多了些生气，沿着人行道朝向各自的方向走着，一个穿红色衣服的小姑娘牵着条狗，王先生注视着她和那条狗的每个小动作。突然小姑娘抬头，她的眼睛和王先生对视了一下。8 楼的距离让王先生在想，到底是玻璃的反光引起了小姑娘的注意，还是小姑娘看到了窗户后面的自己。

一晚上的暖气烘烤，让王先生的嗓子非常干燥，他费力地从干涩的口腔挤出了一点口水咽了下去，回到床头给自己倒了杯水。杯子接触到王先生嘴边的瞬间，似乎干涩的嗓子已经被水浸润。他喝下第一口有点冰的水，温热的口腔被低温刺激，舌头像个被泼了冷水的孩子打着激灵。冒着烟的嗓子终于等来了这杯水。于是，一股冰冷就这样使着蛮力冲进他的食道和胃里，把王先生从燥热的烦恼拉回到阳光明媚的冬日清晨。此刻，王先生感觉像是刚走出闷热的桑拿房间，脖子和身体被室外的冷风吹着，暖气还在保卫着自己的身体，在逃离温暖中窃窃自喜地藏起体内那一杯冰水的秘密。

“应该下楼吃点早饭去，寒冷的早上选一些暖和的食物，比如馄饨、包子，这才是最好的。”想到这些，王先生感觉似乎自己已经坐在那些油腻腻的简易餐桌边，正在拿着勺子喝下一口热的飘着海带虾米的馄饨汤。就这样想着，王先生戴好了眼镜、抓起手机、穿戴整齐地打开了病房的门，按照之前想好的迈了左腿。似乎这个时候先迈出了自己的左腿，他那僵硬的身体就可以早一点离开囚禁他很久的病房，早一点进入电梯走在大街上。

走廊两边是不同的房间，不时有人进进出出，病人们和他们了无生气的家属拿着各种物品在走廊上走着，碗筷、水杯、药瓶或者洗脸盆；护士戴着口罩推着车子经过，留下一阵酒精的味道，车上金属盒子发出叮叮当当的声音，然后就转进了走廊边的某一个房间。

经过护士工作台的时候，王先生看了看那里。因为之前他住进来的时候，王先生记得经过了这里，工作台两边各有两个房间，或许因为开着窗户，有风从两边吹出来，集中地冲向站在工作台前的人。冷风不那么让人有距离感或者震惊，反而让王先生更加清醒了，一丝丝暖气病房里的冷风让他感知到了早已遗忘的真实。是的，困在一个地方太久，新鲜的空气或者声音都会唤起你试图离开的渴望。这些都进一步增加了王先生想早点逃离这里的想法，早1分钟也行，早2分钟也行，早10分钟也行，只要早点离开这里。

电梯间朝北，不大的地方站着几个人：护工和他坐轮椅的病人。两扇大玻璃窗户送进来的光没有温暖，照在白色瓷砖地板上，照出了坐着轮椅的病人长长的影子。穿着蓝衣服的护工山一样地踩在那个轮椅的影子上，死死地压着地上的轮椅倒影轮廓线。电梯被护工按了很多次，影子也被护工的双脚来回踩了很多次，王先生尽量离护工远一些，以免被他踩到自己的影子。电梯在王先生躲避护工的时候，终于从楼上下来了，但是里面的人很多，只能勉强站上一个人，轮椅肯定上不去了。护工转头看了看王先生，这让王先生有点紧张，可是护工笑了笑示意了一下让他先上。王先生感觉就像赶上了一号线的最后一班地铁，怯怯地倒转了身子后退着挤了进去。

电梯狭小的空间里，憋了很多人，王先生没法转身，只能面对着中间一条缝隙的电梯门。门上有很多手印,有一条一条的划痕。王先生晃了一下头，那些划痕被灯光照着反光，一圈一圈的，细细的金属丝一般的圈泛着光。王先生记得被送进来的时候，看着划痕变成一个一个小太阳，在电梯门上游离，有时候在睡梦里也会看到这些被细细的金属丝密密麻麻画出来的光圈，一个又一个；时而是变成月亮，时而变成太阳。有时候，在他想看清楚光圈后面到底是什么的时候，那光圈便一圈一圈地暗了下来，直到变成无穷无尽的黑暗，安安静静地吞噬着一切。

离开电梯，王先生穿过拥挤的大厅，看到住院部出口处停了两辆车。太阳顺着楼间巨大的空隙倒了下来，室外的寒冷在一片明亮之下耀武扬威地肆虐着。不远处院子里的停车场地面上结着一块又一块冰，远远看过去，泛着白光。

从街上不时会吹来一阵一阵的冷风，这风带着菜场的味道、带着煤的味道，偶然有丝汽油的味道。一个穿着病号服套着羽绒服的中年男子，好像已经痊愈一般在太阳下发着光，颤颤巍巍地走在了王先生的前面,停在了门口。王先生不知道他为什么停下来,有种想拉着他走出去到街上走走的想法。

王先生打了个冷战，整理好羽绒服的扣子跟拉链，竖起了还带有温热的衣服领口，试图先把寒冷挡在身体之外。虽然这风和室外的一切都是极冷的,但仍旧远比温暖的病房更让他心驰神往。王先生迈着步子走出医院的大门，想象整理好衣服的自己是个不怕冷的保温杯。穿着羽绒服的中年男人注视着王先生的背影，过了一会便转头回去，一步一步从太阳下走上斜坡入口的黑洞，走向穿着另一个穿着蓝色衣服的护工。

王先生记得路的尽头有家早点铺子，翻成时髦的装修，但早点的味道依然是当年的老味道，还行。周围居民会在一大早穿着睡衣、拿着饭盒排队买。就这样冲着早点铺子走过去的时候，王先生经过了一家叫“金色果实”的水果店，他看到有只猫从水果店里踱着步子走了出来。黄色的大猫，一副很矫健的样子，巡视地盘一样，从水果店里走到路沿边顿了顿，转身走了回去，窝在一篮苹果下面，然后就再也不动了，仿佛刚才的一切是它的梦游。

几个行人经过王先生的时候，稍微撞了撞他。王先生注意到那三个人分别是抽着烟还带着发卷化着淡妆的中年女人，她走在最前面，撞到自己的不是她；紧跟着她的是头发很乱、皮鞋很亮的瘦高男人，撞到他的也不是这个男人；最后跟着的是个带耳机的姑娘，鞋跟很高，长发飘飘，撞到王先生的就是她，走过去快10米了，还能闻到她的香气。虽然有一些不快，但这一切已被即将到来的早餐的喜悦所冲淡。

终于，早餐铺子映入眼帘，王先生推开玻璃门，稳稳地迈着左脚一步就跨了进去，一股酸味窜进了王先生的鼻子。食客们三三两两散坐在泛着油光的座位上，点餐台前排队的人倒不多，王先生排在第三个，前面是一个胖子、一个孩子。餐牌上的字迹有些看不太清楚，不过基本可以靠上下的字猜得出那里原先写的什么。

一份鲜肉小笼而不是蟹粉小笼，一份小馄饨而不是大馄饨，王先生在心里对自己说，等会就选这两样。很快，前面两个人的点餐结束了，王先生高兴地走上前，点了想好的两样早餐。收银员大声地说：“16块。”王先生这才慌忙翻口袋找钱包，不在外套的内口袋、外口袋，也不在裤子口袋。王先生着急了，又看了一眼餐盘，想着这么老远走过来不会真的吃不到吧。排在后面的人有点着急了，鼻腔里的声音、跺脚的声音都让王先生觉得距离自己的这顿早点更远了。情急之下，王先生伸手到裤子后面的口袋，终于摸到了一张感觉像是钞票的纸，拿出来一看是张20块的钞票。王先生愉快地付了钱，在出餐口端了两份餐点，顺手拿了筷子跟醋碟，慢慢地走向靠窗一个空座位上坐下来。

垫着餐盘吃饭，会让王先生不太舒服，所以他索性把餐盘取了下来，递给刚好经过的服务员。因为担心包子跟馄饨放多哪怕一分钟，王先生觉得有必要立即吃掉这两样东西。口水已经充盈了口腔，看着热气腾腾的早餐，他禁不住把口水整个咽了下去。

王先生从桌边取下一个白色的小碟子，加了点姜丝进去，拿起筷子，轻轻地从蒸笼里夹起一个包子，朝左朝右各抖了几下，以免包子皮连在笼屉上，晃晃悠悠地轻轻放在醋碟上。此时的鲜肉小笼包，皮里面也是汤，外面也有醋水，王先生小心地咬破了包子皮，赶紧吸了一口，咸的肉汤和淡淡的酸味立刻流淌在王先生的牙齿之间，舌头在温烫间寻找可以停留的地方。再一口下去，包子连皮带馅都进了王先生的嘴里，稍加咀嚼，他便整个把那股鲜肉油香给咽了下去。生怕没了陪伴，就喝上一口飘着葱花的馄饨汤。吃着吃着王先生感觉温度又升高了，后背几乎有些汗在往外冒。在连着喝下三口汤并吃了一口馄饨后，王先生觉得鼻腔有些东西，拿起旁边的餐巾纸擤了擤鼻子。一张纸不太够，王先生赶忙抽出第二张纸跟着擦了擦已经干净的鼻子，并顺手擦了擦后颈处流出的汗。

小笼包的肉味儿填满了这个小小的铺子，油腻抹在桌子上，面汤洒在地板上，餐桌的一边有餐巾纸和调料瓶。王先生看着这一切，有种梦想终于成真的满足。

王先生眨了眨眼睛，这一切突然间都消失了。

白色的医用棉被盖着他，一动也不动，鼻腔里有严重的不适感。陪伴着王先生的，有穿蓝色衣服工作娴熟的男护工，有来了就不断打电话的女儿和她沉默的丈夫，有包围着王先生的呼吸机，以及插入他身体内各种透明的管子，连接着的检测器。

王先生来这里近 3 个月了，他没法动、没法说话，只能睁着眼睛。全身疼痛的时候，王先生会难过地流一会儿眼泪；护工来帮他翻身擦背的时候，王先生很享受刚擦完还来不及拉好衣服，皮肤被顺势带来的微风吹着的感觉。

其实，王先生在这次入院前，已经写好一份说明，希望在癌症的最晚期，授权家属完成安乐死以减少痛苦。可是，家属、律师跟医院沟通了多次，都无法执行。

于是，王先生在疼痛间期稍微清醒的时候，就一遍一遍地想象自己走下床、坐电梯、走出医院去吃一份早餐的情景。甚至有几次，王先生感觉自己已经死掉了，再完成这件自己独自去吃一次早餐的事情。

纪念
90CM × 150CM
油画
少华 绘

纪 念

内心深处，小文很讨厌收到每年在某一天母亲发来的短信。那条短信基本内容雷同：今天是你弟弟的忌日，我去看看他，你保重。那几天刚好是每年春夏交替的时间，不冷不热，算是这里最舒服的季节。可那些时候小文总会有点烦躁，短信没来，漫长的煎熬让人感觉到会发狂；短信如期来了，他又不想回复，也因此摔坏过几个手机。

收到短信前的一个礼拜，小文一般都开始故意不去想那件事情，努力让自己不触碰一个早就存在的事实，提防着这个特殊时间点的到来，提妨着特殊短信的突然到来，以及一起产生令人不安的交集的可怕结果。

这就好像小文刚开始学骑自行车的时候，父亲扶着他的车子，对他高喊，往前看，别低头看；这种时候，如果小文可以一直盯着路的前方，车子也就可以直直地、稳稳地行驶；如果小文留神看了脚下，比如一块石头、一个塑料袋甚至一片叶子。即便这东西不会绊倒一辆大过它很多倍的自行车，小文总觉得地面之下会长出一只手，抓住车轮或者车把。无论他怎么使劲蹬车子，怎么试图平衡，这个有两个轮子的沉默的家伙都会被那只手牵绊着重重地倒下，然后，被那只手又紧紧地按死在地上。于是，他就这么摔倒了。

短信来的前一个礼拜几乎就是这个样子，他偶尔会跟平常一样睡眼惺忪地起床，坐地铁去上班、参加各种会议、加班或者准时下班；或者去女朋友那边，一起吃个饭、看个电影、在她那里过夜。

小文的女朋友有时候会受不了他的小习惯：出门前检查各种电器、燃气、窗户，锁好了门一定要再推一推。有时候即便一起出了门，小文都会让女朋友等等他，返回去一两次。刚开始他们在一起的时候，女朋友看着满头大汗折腾两遍的小文，心里觉得挺感动，觉得这个男人很细心，人也踏实；可是后来女朋友自己亲自检查好一切离开，小文也会借故再回去检查一遍，就让她有点接受不了。

女朋友感觉，小文比前男友细心、比前男友有上进心、比前男友更温柔；可是有一点，她跟那位前男友在一起的时候，比跟小文在一起看起来似乎更加正常一点、简单一点。前男友有点大男子主义，经常大大咧咧，偶尔急起来两个人也吵吵闹闹；而小文这个人，无论碰到什么大小事情，总得想很久，做个决定有时候比她还像女生，更别提那个让她有点抓狂的小习惯了。

每年收到短信前的一到两天，小文开始有点轻飘飘，不是心不在焉，而是小心翼翼地填满每天的行程，加班、见女朋友、跟朋友聚会、买东西、去办生活琐事。他安排好的那一系列紧密连在一起的行程，像是走路的孩子知道路边一座房子里有狗，走过那里的时候，一定要小心翼翼地绕着道，生怕出了响动，惊起那狗的狂吠一样。

小文租住在这个小区的三楼，没有选择旁边的高层，是因为小文其实有自己的顾虑，住的楼层低一些，比较踏实。每次出门前，小文都得给自己排个计划，先检查什么再检查什么。他心底定下的行程顺序是“水火土金木”，水指水龙头，火指天然气，土指吃的东西，金指各种电器，木指窗户、大门。计划出门的时间对于小文有两种，工作日上班是一种、周末出门是另一种。

工作日上班的那些早上，小文起床后就开始按照水火土金木的顺序，一边刷牙一边把能完成的工作先完成掉。

——洗脸刷牙、刮胡子；

——关水龙头；

——关天然气；

——吃点方便早点，比如一个香蕉或者一个面包、喝点水；

——关各种电器，拔掉充电器；

——关所有灯顺便检查一番各种电器；

——关窗户、再转一圈；

——穿好外衣、拿好背包；

——锁门、推一推门。

做完这些事情，小文基本可以顺利地离开家里。可是走下楼的时候，各种刚才完成的事情又开始让小文陷入回想和迟疑。关门离开的时候，包括钥匙从门上拔下来的瞬间碰撞都会让他开始纠结是否再进去检查一次。房间里似乎躲藏了无数可怕的人，等待他离开以后，就开始自己各种惊人的破坏计划。这个计划里，有水龙头里不断流淌出的水，敞开的窗户飘进一地雨水跟满屋的灰尘，不断漏气的煤气灶，一直运转越来越热的各种电器。他们的法力高强，小文绝对招架不住，只得在纠结中重新返回家里，旋转着钥匙打开房门，再满头大汗地检查一次。

今年，弟弟忌日来的那天，赶上了一个周末。天不阴也不晴，不知道是不是要下雨了，厚厚的云层压得天很低。小区楼下的物业大叔开着一辆破旧的割草机在院子里忙碌着。那台机器在安静的周末早晨忙碌着，一阵阵草的清香随着风从窗外飘进来。顺便飘来的还有机器的阵阵轰鸣声，像是某一首歌的前奏在等待。

女朋友出差了，所以小文住在自己的住处，睡到 8 点就被楼下小区割草机的轰鸣声吵醒了。起床、刷牙、吃面包、喝牛奶。一切结束才 8 点半，剩下一整个早晨的时间。突然小文感到一阵头晕，也许是最近加班比较多，而今天没有睡懒觉甚至起得太早吧。他这样安慰自己，或许睡个回笼觉就好了，再过几个小时，妈妈去给弟弟烧完纸，短信就会发过来了吧。

短信到来对于小文已经开始进入倒计时，这是一种很令小文沉默甚至愤怒的等待。小文半躺在沙发上打开手机看了看电量，手机屏幕上方满格的小电池和 100% 的数字标示，提醒他，几小时以后，那个短信一定会准时到来，不会因为信号不好、不会因为没有电而被延迟，不早不晚地又等了 365 天，终于就要来了。

小文端着杯子，在厨房翻出了一包快到期的饼干，握紧着那个如定时炸弹一样的手机坐在餐桌边。高脚椅没有靠背，小文没有地方靠，趴在了桌子上。拿着手机的右手搭在大腿上，他低头看了看，没有短信，还没有。突然，闹钟响了起来，清脆的声音吓了小文一跳，屏幕上亮起这个闹钟设置的名称：忌日。

小文弟弟死于 5 岁，小文当时 10 岁。已经过了快 20 年了，但是小文依然可以记得弟弟火化那天端出来的小小的一个骨灰罐，小小的，跟弟弟一样。出事的时间里家里没其他人，弟弟一个人在阳台玩儿，从楼上掉了下来，当场就死了，血把楼道口染成一片殷红色，过了快 1 个月那滩红渍才褪去；3 个月以后，小文跟家人搬离了出事的小区。

弟弟出事的当天是个周末，妈妈出门去医院看姥姥，嘱咐小文在家里看着弟弟。而小文为了一早去同学家看新买的游戏机，把弟弟反锁在家里。结果，不幸就这样发生了。等小文中午赶回家里，妈妈已经在邻居的帮助下，带着弟弟去了医院。小小的一具尸体躺在急救室，然后很快就被转去了停尸房。

小文记得妈妈在弟弟的尸体边哭，没有声音，半跪着。小文走上前，摇了摇妈妈，她回过头来看了小文一眼，那是什么样的眼神呢？小文觉得像刀子，戳进他的眼睛；也像一双手，甩过来一块白布蒙在自己的脸上，这个世界变得白白的、冷冷的、没有任何声音可以穿过这块白色的布。

小文始终没看到弟弟的尸体，一方面是因为样子太可怕，邻居都拦着不让他看；一方面是妈妈隔在他和弟弟之间，不让他靠近。

过了很多年，妈妈才跟小文重新亲密起来。所谓亲密，却比正常母子的亲密多了一份夹生，即便是说个话，也总觉得隔着什么，像是一层铁丝网。日复一日，这铁丝网被雨水冲刷，上了铁锈，越长越多，变成锈色。一层一层的铁锈遮盖了原先冷冷的金属质感，红红的一片。不能碰，碰了就染一手的铁锈。虽然冲一冲能掉，但闻一闻，还能嗅到残留在手上的铁锈味道。即便洗干净了双手，看着双手的纹路，也能想起曾经粘在上面那些红色的铁锈粉。

再后来，小文出门前总是要检查一遍家里的各种地方，才能安心地离开。大学毕业，小文去了另一个城市工作、生活。每逢弟弟的忌日，妈妈总会发来短信，那条短信基本内容雷同：今天是你弟弟的忌日，我去看看他，你保重。

这么多年过去了，弟弟的忌日，成了他生活的一个终点，一个起点。

终点，是让他回到 10 岁那年，无论他长到多大，那几天，他都是个 10 岁的哥哥，留弟弟一个人在家。起点，是他每每发誓要走出来，可走来走去，绕一个圈，还是回到当年，他锁了门，走出了家门，留弟弟一个人在家。

小区不让随便烧纸，去年烧的时候，就跟保安吵过一架。小文拿着纸钱，揣上打火机就下了楼。小区后门有一座小桥，桥边有条小道可以下去，小文在河边一张一张地烧了纸钱，按照老家的习俗，挖了一个小坑把灰烬埋了起来。

回到楼门口，墨绿色的单元大门紧闭着，小文一手端着铁锅，一手找钥匙。他记得刚出门时候还是按照“水火土金木”的顺序离开的家，钥匙放哪里了？难道最后没锁门，不至于啊。楼道里飘来炒菜的味道，鱼肉的味道，还能听到电视机里节目的声音，以及楼上楼下此起彼伏的家犬叫声。就这样，他站在楼门口不知道该怎么办，似乎等着就会有人送来钥匙。“水火土金木”看来以后还要多加一点：带上钥匙，别把自己关在房间外面。

蝴蝶
40CM × 60CM
油画
少华绘

蝴蝶

李小姐是一个普通姑娘，一米六的身高、外貌适中、身材适中、经历普通。一句话，就是，李小姐是个普通的单身姑娘，也跟大多数普通姑娘一样，一直对自己的外形、体重不太满意。

这几年以来，她谈了两个男朋友，一个是公务员，人很稳重，但有点内向；一个是外企的部门主管，人很开朗，但有时候比较强势，吵起来从来不知道让一让自己。李小姐跟两位男友最终都以和平分手而告终，李小姐把两段恋情的结束都归结于自己的外貌和体重。无论怎么看，她都觉得自己不好看，太胖了。其实，李小姐身材适中、肥瘦刚好，只是一个普通的年轻姑娘。

去整容医院咨询过几次以后，李小姐就割了双眼皮，但面对镜子里的自己，李小姐还是觉得不好看。有几个朋友去了韩国整容，花费十万到二十万不等。虽然贵，但是效果还不错。鉴于自己父母和一众亲友的干涉，李小姐始终下不了决心去做整体的面部手术。减肥药、有氧健身、茶饮、节食，该试的都试了，但是，李小姐对自己的体形仍然不满意。一个姑娘怎么那么胖呢？不美。

李小姐还有一个爱好就是各种美食，九宫火锅、披萨意面、日料生鲜、早茶点心，都是李小姐的心头之好。工作不顺的时候，她会约上自己的闺蜜，大吃一通；心情很好的时候，也会赴约异性的晚餐邀请，饕餮美食享受一番。所以，李小姐觉得自己减肥不成功的主要原因就是太爱吃了。每次面对美食的诱惑，李小姐总要纠结一番，但是每每还是吃得酣畅淋漓，大不了事后捶胸顿足一番。

直到有一天，李小姐算是彻底告别了对美食的热爱。

周末的下午，李小姐和闺蜜看完电影。还在回味故事的情节跟女演员现实生活中的情感八卦，闺蜜接了个电话说有急事先走了。虽然还有团购的双人套餐，但是也拦不住她离开的决心，留下一句话，你找个朋友一起吃吧。李小姐一个人走在路上，虽然只剩一个人，但是天气挺好，夕阳估计还会在天边待一会，路人看上去柔和友善，每个人似乎都有挺愉快的事情要去做，所以连表情都是放松的。时间已经到了晚饭的时候，想起自己出门给家里打了招呼晚点回去，估计没有做她的饭，于是李小姐决定在旁边随便吃点东西。团购估计是去不了了，现在找人吃饭估计很难约到合适的搭子，还不如退了款，自己找点单人美食。

这是一条商业街，各种小店、咖啡厅和特色小吃很多。李小姐找了间看上去挺顺眼、且美食评论还算不错的小吃店，点了小份的特色海鲜馄饨、春卷和小菜。餐厅食客不多，或许因为还没到晚餐的高峰时间。李小姐座位旁边，有一家人，吸引她的，倒不是这家大人，而是围着她和这家人跑来跑去的一对龙凤胎。

两个小朋友差不多比桌子高一点，大眼睛，翘翘的嘴巴，穿着粉蓝色和粉红色的衣服，不太吵闹、爱笑、老是互相牵着小手，很讨喜的样子。李小姐眨着眼睛、晃着双手、对着他们微笑。小女孩看上去比较活泼，尽管有妈妈在喂她吃东西，还是去抢小男孩手里的水瓶。被抢了瓶子的小男孩，没有哭反而笑着拍着掌，还去亲那个小女孩，时不时，他们朝着李小姐笑呵呵地笑。

生活其实很美好，是啊，李小姐想想，其实自己也不丑、工作也还不错、没有什么负担、有父母有闺蜜。李小姐吃着东西，想着等会儿去旁边再买点水果。为了节食，她本来只打算吃一半，

蝴蝶
40CM × 60CM
油画
少华绘

结果把整碗的馄饨、三个春卷跟一份小菜，吃了个干干净净。

李小姐慢悠悠地走出小餐馆，来到马路边。微风带来了温暖的味道，夕阳躲在远处的大厦后，给直线条的大厦轮廓上了一条发光的边。那条发光的边从中心的金色散开，变成白色的光，再散到浅蓝色近乎发白的西边的天空。抬眼的人们，只能看到那层光芒。光芒之下，树枝变小了，马路上的汽车似乎变没了，只有走近才能看到从那光芒之下飞来一台带着轮子的机器，或者呼啸而过，或者慢悠悠地开过，而迎着光芒的车辆、行人，似乎在走进另一个世界。周末的这条街道看上去很舒服，像发在社交网站上美化过的照片，定格的美好有点不真实，就跟当下李小姐的感受一样。

这么想着，李小姐一个人走过了整条街，这时候远远地，她看到前面的路上停了一辆车，车前面围了些人。路过的围观人群的时候，她愉快地看了一眼。这一下，倒把她吓到了。地上半蹲着刚才在餐厅碰到的那家人中的一个中年男子，怀抱着一个穿着粉蓝色的衣服的孩子，那粉色被血染着。旁边有个大哭的女人，她面前的马路上有一摊东西，深红色的液体混合的黄白色的半液体，铺在地上，露出一只小手伸向半空。

李小姐瞬间明白发生什么了。是刚才那个笑笑的弟弟，怎么刚刚还是好好的，这么会儿出了这种事情？

一阵眩晕，李小姐扶了路边的树。再看那夕阳，耀眼得令人难受，抬头是刺眼的光，低头长发挡住了光，瞬间眼前有点忙乱，一阵恶心，刚刚吃过的东西全吐了出来。

从这以后，李小姐只要吃东西，就想起看到的那一幕。而餐桌上的任何食物都会变成那个场景，笑笑的粉蓝色变成红色、黄色、白色的液体摊在自己的面前。食欲几乎被摧毁，仅靠着苹果，稍微能维持每天的体力。几个月后，情况稍微好了些，借助吃饭的时候放音乐、偏辣味的食物，李小姐可以在吃饭的时候稍稍忘记那些幻觉。只是，偶尔会在咀嚼特别食物的时候，比如鸡蛋、比如包子、比如肉丸、比如太稠的白粥，会觉得牙齿正在咀嚼的是那一滩红色、黄色、白色的液体，胃里泛出一阵一阵恶心，饥饿感也消失了。

近一年过去，李小姐的情况好多了，不放音乐，吃饭也比较正常，清淡的也能吃下去，只是饭量少得多。而这一年的折腾，也让她的体重猛得降了下来，98斤，该胖的地方胖、该瘦的地方瘦，皮肤也没有怎么变差，依然保持着青春的弹力。

去年，李小姐终于下定决心去韩国做了整容，鼻子也高了，眼睛也大了，脸也小了，而且，回国半年后，效果变得很好，不仔细看，看不出来。

李小姐有时候会照着镜子，想想之前的自己，油然而生一种满足感。只要体重有所上升，李小姐就会刻意回忆一下那天的情景，饭量便锐减下来，多少个女性朋友、同事逐渐变得富态，只有李小姐越发美丽、苗条。

在朋友的介绍下，李小姐顺利地和一个男人交往起来。男人酷似电视剧里那些发誓的男主角，有钱、有貌、死心塌地爱她。一切不真实地顺利地发展起来，直到对方送来了钻戒。

有时候，李小姐会想起馄饨店的那对龙凤胎，当然是在李小姐的梦里，他们笑啊笑啊，变成蝴蝶，飞啊飞啊，飞到自己身边。变成光芒，照出自己的美丽。蝴蝶也带着光，掉在地上变成灰，吹进另一条街道，那里行人不多、汽车匆匆而过。

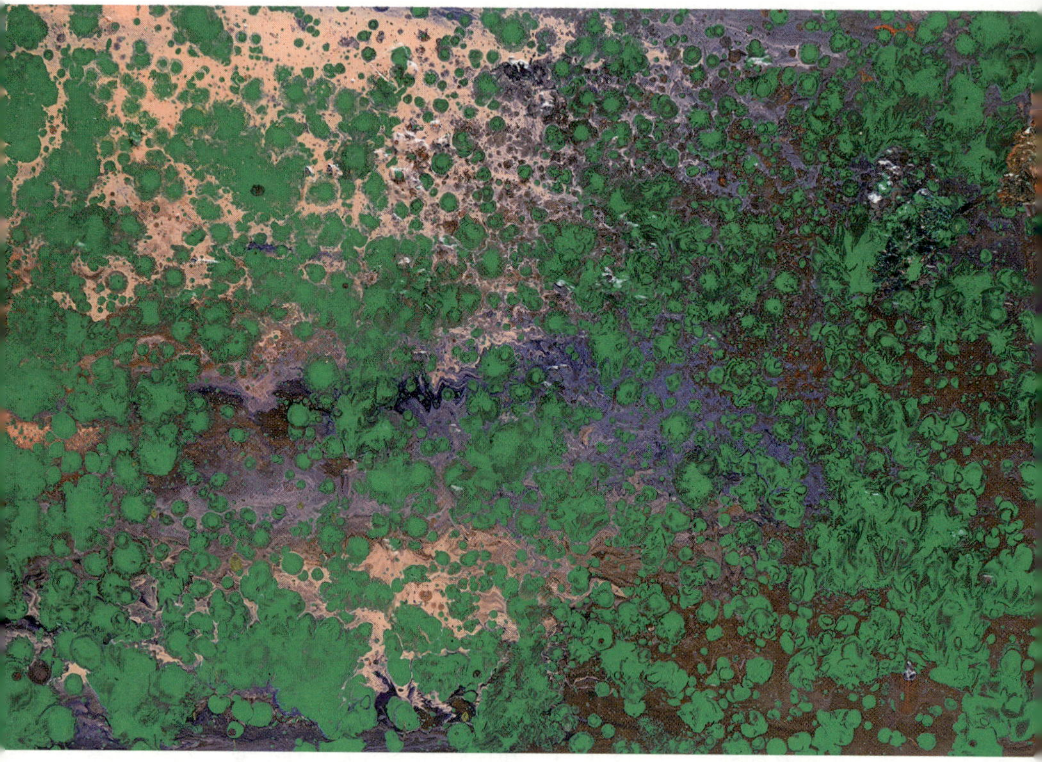

镜子

40CM × 60CM

油画

少华 绘

镜子

世贸购物中心算是这城市里高端的商场，国际一线品牌很多，动辄十几万的衣服、昂贵的化妆品、各种高级消费品的专卖店、众多人均两百到四百以上的餐厅，地下停车场里总是满满当当停满了豪车。负一楼是高端超市，一半以上的东西都是进口的，还有一些咖啡厅、甜品店和电影院。一楼是国际一线品牌的专卖店，客流不多。二楼是一些中高端的品牌，但比一楼稍微便宜一点。三楼是高级餐厅和美容店。逛完一个楼层，几乎要半个小时，挑高的空间、大理石地面，筛选出一部分喜欢来这里的男人和女人。商场的人流里，有西装笔挺，也有气质美人，还有带着太太孩子的洋人，而大多数是有消费能力、时髦的年轻人。

商场的每个楼层的都有 2 处卫生间，分布在楼层的对角，固定安排 2 个人打扫。早班是 8 点 30 到下午 4 点，晚班是下午 3 点到晚上 10 点。两个卫生间的男部有一位男清洁员，负责男卫生间的卫生，女部有一位女清洁员。因为与物业公司的一个管理人员有点关系，老李刑满释放在家待了一年以后，来到这里上班，负责二楼卫生间男部的打扫。

来这里上班，其实不算累，比起普通的餐厅帮厨、保安、清洁员、停车场收费员以及无数风吹雨淋的临时工作，这里算很好了，作为本地户籍的老李，薪酬福利更好。

老李其实不老，不到 42 岁，单身。年轻时候他性格很冲，虽然人很善良，帮邻居、帮同学，甚至帮陌生人都不在话下，算是典型的热心肠，就是性格有点太冲，有时候让人难于接近。

好的物业公司，上班前有3天的岗前培训：一天室内培训、一天军训、一天老员工带教，以及3天的试工。在教室培训的时候，老李提前3个小时到，在教室外一直等着，听课的时候坐得很端正，课间碰到培训人员，恭恭敬敬、面带微笑。军训的时候，老李也是正步走得最好的，穿了迷彩服，精神得像个十八岁的小伙子。带教的时候，他和另一个中年妇女被分配给一个老员工带。两个人被那个老员工指导着，了解工具、了解工作内容、了解要求。上手实操的时候老李有点紧张，而那个中年妇女，一个劲儿地跟老员工套近乎，问问休息、考勤、早晚班交接以及保洁部领导的脾气。

从第一天上报到今天为止，已经过去了378天。其中老李休息了24天，请假1天去医院看病，除此之外，老李的工作90%时间都在商场两个20平方、灯光舒适、飘着淡淡香味、回荡轻柔背景音乐的卫生间男部里；其他10%时间，因为工作认真，还肩负每月给各楼层汇总上报以及领取清洁用品的工作。

每个楼层的卫生间都有无数的镜子，入口处整面的穿衣镜、洗手台前背发光的椭圆镜、小便斗上方的黑色长条镜。大大小小的镜子，伴着似有似无的音乐，一尘不染地映着进进出出的男人和女人。

老李在上班之前，都会照好一会镜子，洗手洗脸，整理整理。上了班儿穿着制服，他就像融进这个一年四季温暖狭小空间里的一个雕塑，或者是一幅挂在卫生间里的装饰画。你不会注意到雕塑或画的存在，因为它们和环境很统一，在你进出的时候、推门的时候、洗手的时候、照镜子的时候、烘干双手的时候，老李或者这里任何一个清洁员都会和你擦身而过，或者在你方圆 1 米以内，而你依然没有什么感觉，像是面对一件陈放在这里的物体。

卫生间的灯光很舒服，基本没有直愣愣照下来的光，一点都不刺眼，非常柔和，而这些光也让这里变得很亮堂。整个商场都不允许抽烟，所以，老李有时候还要在卫生间提醒人们不要在此吸烟。有一次碰到后勤保障部的领导来用厕所，闻到一股烟味，当场责骂了老李，提醒老李碰到抽烟的客人一定要提醒，世贸商场要给顾客提供一个舒适、健康的购物环境。

当然，老李自己也不抽烟，入狱前，老李还叫小李的时候，已经抽了几年烟。在监狱里待了这么多年，也没什么机会能抽烟，顶多过年过节一起吃饭的时候，狱警会发点烟给大家。不过，到今天老李已经不喜欢那个味道了。

如果碰到在卫生间隔间里抽烟的，老李就没办法了，明明可以闻到门里一阵一阵烟味流出来，烟雾缭绕地从上面散出来，只能等客人从隔间里出来，老李才带着一份报纸冲进去。

在隔间门口立上一块小心地滑的黄色塑胶板，手里的报纸不断地扇风，好让烟味尽快散一散。等烟味淡一点，再喷柠檬味空气清新剂；然后用报纸再扇一扇，接着喷第二次空气清新剂，味道基本就没有了。但是地上的烟灰、纸篓里的烟头都要处理。

有一次，老李碰到一个楼上餐厅的服务员，用烟头把马桶圈烫出一个痕迹。老李跟着那个走路晃晃悠悠的年轻人到了他工作的餐厅，找来餐厅经理投诉。经理看见老李虽然穿着清洁员的制服，但是胸前戴着值班管理人员的牌子，知道老李也是个小头头，就凶了那个服务员几句。送老李到门口的时候，经理笑着说希望老李多担待一些，毕竟现在的年轻人都有烟瘾，保证以后一定不去卫生间抽。

老李想起当年自己还叫小李的时候，厉害的时候 1 天都能抽 1 包。年轻气盛、打架闹事，高中那会儿，他挺喜欢班上的一个女同学。女同学扎着马尾，人很白、眼睛很大、头发特别黑，夏天的时候穿着白色的连衣裙跟白色的凉鞋。按照现在的说法，没有表白，也发生没什么，青青涩涩地过去了。高三赶上小李（如今是老李）18 岁生日，他拿着攒下来的钱，准备好好地吃一顿、玩一次。好好吃，是要去市中心广场边的粤菜馆，好好玩是去一次人民公园游园、划船、喝汽水。当然不是他一个人去，他想邀请一下那个挺白的女同学。上午课间的时候，小李看到女同学一个人出了教室门，赶紧拿着课本追过去，在楼梯口拦住了她。拿着书说话，即使被别人看到了，也不会说什么。女同学直接拒绝了小李的邀请，小李有些羞，更有些怒气，拿着书直接翘了课跑了出去，直奔粤菜馆，点了几个菜，也没觉得有多好吃，有点后悔跑来吃这家馆子，还不如家门口那家川菜馆好吃。吃饱喝足，小李躺在公园湖边，看着蓝天一个人发呆。再后来，小李跟人打架，对方两人受了重伤，一个变成植物人，一个永久失聪。小李被重判了二十年，前些年刚放出来，在哥哥家闲了一年，零工打过几份，但都不久，后来托熟人关系找到了这个做保洁的活儿干。

四十多岁的老李至今单身，虽然哥哥、亲戚给介绍过，不管对方是大龄离异带孩子，或者丧偶单身的，老李都觉得自己配不上人家。所以一个人照顾着年迈的母亲，上班下班，没事儿找点好吃的犒劳自己，倒也感觉日子挺好。

老李也会想女人，想女人的时候怎么办呢？老李找过小姐，但是总觉得太脏，所以，大多数时候，老李都是在洗着热水澡自己解决。虽然老李已经四十多岁，但是性起的时候，还是浑身燥热。把自己关在那小平房的卫生间里，热水冲在老李身上的时候，整个人都活过来了。老李冲着冲着就来劲了，他会忍住声音，颤抖着释放，再继续冲上5分钟，舒舒服服地换上干净衣服，坐在电视跟前喝杯啤酒，看一群人争一个足球，或者重播的各种老电视剧，比如《西游记》或者《水浒传》。有一两次，老李在洗澡的时候会想起关在监狱里的日子，跟那个腿子。

腿子是因为诈骗关进去的，人很斯文，白白的。全监狱里属腿子的屁股最翘，所以大伙有火气都撒在他身上。听老人说，第一次把腿子压在身子下面的时候，腿子还会叫骂、挣扎。过了一年以后，就好多了，还会自己挑人。欺负过女人的、长得丑的，

镜 子

都不理会。老李在里面算好人，上过腿子一两次，后来老李自己觉得这事情太过恶心，再也没试过。

想过一两次腿子跟监狱里的那些日子之后，老李就觉得自己不太正常了，已经放出来变成自由人了，不能老想过去的事情，寻思着再去找回小姐。

每天晚上下班前，老李跟晚班的人一起，要把各自负责的卫生间所有镜子再擦一遍，尤其是入口的镜子。虽然过了整整一天，但是因为没事儿就擦几下，洗手台、小便斗上面的镜子基本都比较干净，只剩入口的穿衣镜和小隔间门后面的镜子。入口处的镜子很好处理，因为那里地方大，动手方便，一遍玻璃清洁剂、一遍玻璃刮刀，基本就行了，然后那面大镜子就可以透着亮跟新的一样。但是小隔间的镜子比较麻烦，隔间本来空间就小，不知道当初为什么会在隔间的门后安装镜子。有一次，一个隔间背后的镜子被人打碎了，修理更换就花了三天时间，平常打扫卫生擦起来更麻烦，只能坐在马桶上干活儿，但是镜子下面和上面非要蹲下来，或者站起来擦不可。

有回晚上打烊前，老李逐个检查各个楼层的卫生间，汇总大家的清洁用品需求，等大家都走了，老李才回到自己负责的楼层打扫。女部的大姐已经帮他擦好了男部入口的镜子，隔间里的就不好意思让大姐再擦了。于是，老李一个人蹲在小隔间里清理那里，手印、水渍、油渍还有一两处烟灰，加上空调停了，小小的隔间把老李搞得满头大汗。老李索性脱了制服，短裤背心地擦镜子。这么上上下下，无端端把老李的兴致挑了起来。站在镜子面前，老李掏出家伙，上上下下折腾了起来。

白天的时候，这里进进出出，人很多，晚上的时候就只剩下老李，灯开着，镜子被擦得锃亮。虽然流着汗，老李觉得像在自己家里，自在地折腾着。看着镜子里的自己，老李不禁闭上了眼睛，仿佛进入了另一个世界里，那里不冷也不热，永远是春天，草是绿的，水是清的，扎着马尾的姑娘是含笑的。

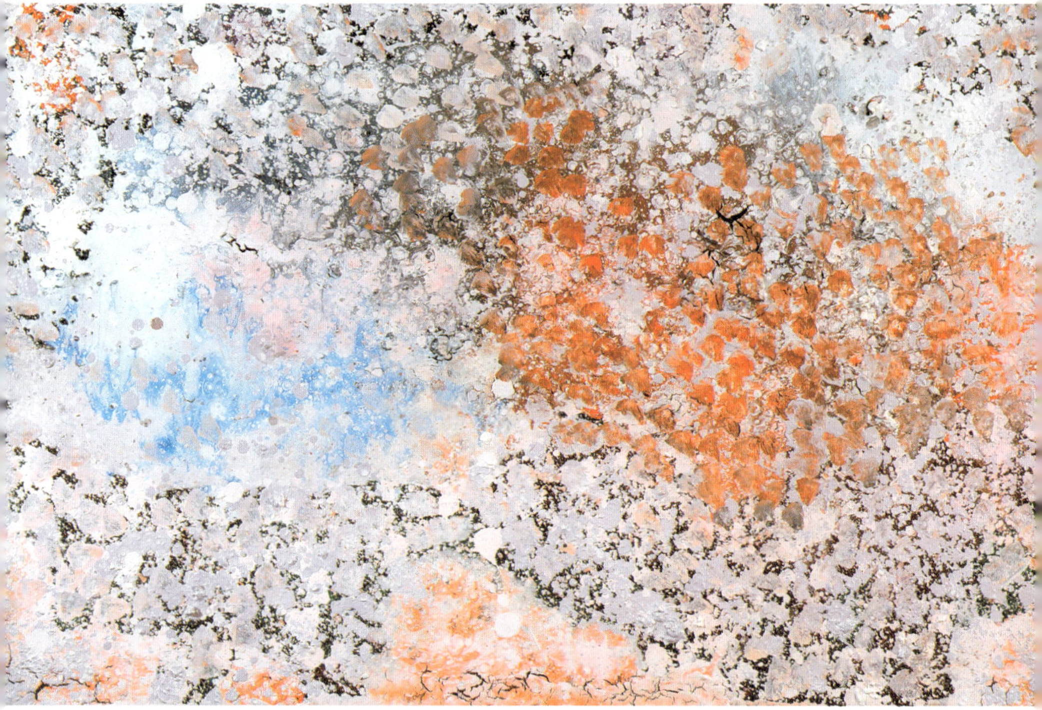

梅雨季

50CM × 80CM

油画

少华 绘

梅雨季

梅雨季快来了，湿度很大，像打开了桑拿房的门，水蒸汽一股脑地涌了出来，天很低，阴得一直到灰色的尽头。从飞机上看，这个城市那么熟悉，细长的街道、红色蓝色白色的房顶、拥堵的高速公路，大部分规则的街区，少数不规则的空置区域和公园、绿地。

徐惠在公司很多年了，工作不忙，女儿的钢琴课成绩一直没有进展，家里那辆大众的雨刷修了没多久又坏了，而老公准时的上下班也几乎把她锁在一个规则的空间中。这个空间挺舒服，挺闷。她能想到一个月以后的生活、半年以后的生活，甚至五年、十年以后的生活会是什么样子，老公会是什么样子，家里会是什么样子。

表妹不到一年时间里已经换了两三个男朋友了，徐惠和她聊得来，从高档商场的折扣到寿司的口感到沙发的舒适度，无话不谈。只是，表妹年轻而精彩的生活，尤其是简单带过的不同的男人，总让徐惠有点嫉妒。

吴淞的老婆 8 个月了，肿着脸、挺着肚子、唠叨着房间太小实在让吴淞想发脾气，但是又不能，抽不了烟喝不了酒。尽管岳母的悉心照料已经帮他省了很多心。但是，这几个月的房事空缺，以及越来越糟糕的市场、客户的牢骚跟副总挑刺的态度，让他更加不爽。

七月四日，周六，同事的婚礼。

徐惠到得比较早，看着正在补妆的新娘，听着外面的雨，想着这么多年就这样过去了。

吴淞实在不想来，因为是比较熟悉的同事，也算是半个朋友，于是，找朋友联系好几个月以后老婆住院的事情，还是冒雨到了婚宴现场。

吴淞和徐惠差不多高，比徐惠的老公矮起码半头，外形也很一般，碰巧被安排在了一桌。可是，就这么一顿饭的时间里，几句简单的对话，居然，让徐惠对吴淞有了好感。

从那天起，他们总是早到公司，开始是没有约定的，后来，居然连午饭也和同事分开吃了。

徐惠觉得自己应该轻松一下，再谈谈恋爱，吴淞觉得是自己的魅力吸引了徐惠，甚至觉得，如果有机会展示，他的功夫一定在徐惠的老公之上。

七月底，还是一位同事结婚，离开的时候，徐惠开车带了吴淞一段，后来一起去喝了咖啡。徐惠老公来电话的时候，徐惠恨极了自己已经结过婚，条件不错的老公和家庭让她第一次感觉难受，说不上来是什么。

这个城市看上去很大，可是走一走其实很小，而徐惠却什么都不怕地跑来和一个男人开房间。当她和吴淞躺在松江一家度假酒店双人床上的时候，徐惠才知道那说不上来的是什么了。

吴淞的手、不满足的嘴唇、起伏的体重好像唤醒了徐惠，他们就这么缠绵着、抚摸着，很慢，像钢琴，陪着雨，一切都是舒缓的节奏。徐惠躺在吴淞身边的时候，什么都忘了，没有皱纹、没有要洗的脏衣服、没有每周要送女儿上学的课程安排，没有老公嚷嚷要吃的油腻馆子，自己的身体甚至一颗心好像都被绑了汽球，被人牵着在飞。

那次之后，吴淞的优越感也消失了，他感觉好像被绑上了。

他也开始给徐惠发微信了。转的鸡汤、杂文、长的、短的、有图的、声音的甚至和老婆在家的时候也偷偷地发。岳母在餐桌的对面和老婆说着家长里短的时候，吴淞发了一条：什么时候再聚聚？

徐惠在女儿钢琴课间隙回着微信，在星期六下午去做头发的时候看着这些短信，在陪老公去参加聚会的时候删着那些信息。

偷偷摸摸是完全不适合这两个人的，这段关系被他们放在最危险而又最安全的地方。

徐惠开始学着端着了，知道什么时候放放，什么时候该适度地刺激一下吴淞。徐惠想起了表妹给自己说过的各个男朋友，还有那些与男朋友的爱情游戏。徐惠不认为自己衰老到不能做游戏、不能提爱情。

吴淞不愿意回家，留在公司陪徐惠加班给老板做报告。在雨里步行到两个街区外的星巴克买咖啡，买给他好像已经离不开的徐惠。

周五晚上，表妹带了新的男朋友和徐惠一起吃饭，也是为了让徐惠把关，表妹这回好像玩上真的了。徐惠去卫生间的时候，年轻的情人们聊起了换手机，表妹拿起了徐惠拉在桌子上的手机：“那天我可能把刮胡刀拉在酒店了。”吴淞的这条微信也是无意间被看到的，还好是表妹看到的。

晚餐顺利，至少徐惠是这么认为的。

公司没人知道他们的事情，至少吴淞是这么认为的。

周三下班的时候，副总拿着季度绩效达成的数据、想着公司里传着的绯闻，和吴淞长谈。吴淞没机会辩驳，因为他想辩驳的时候，副总就端上来那段传闻了。吴淞有点慌神，当然，表面上看不出来。私生活在这个高度职业化的城市，不应该被拿来说，可是，当对方有了其他目的，这些遮在衬衫和裙子之下的事情也终于被摆到了台面上。

周三晚上的时候，表妹给徐惠家送来了去旅游买的礼品。走的时候，表妹特别想徐惠送送。徐惠想着，毕竟带了这么多礼品，小姑娘撒娇也是能理解的。而表妹在小区门口的面包店暗示一些事情的时候，徐惠就明白了。

表妹说，自己以前谈过很多，但是都是谈谈，结了婚就收心了。

徐惠听的时候，表妹眼睛紧紧地盯着自己的脸，生怕徐惠不明白似的，那些平淡无奇的文字，让徐惠觉得有人拿着刀子顶着自己，怒气压着，旁人也看不出来。

周四吴淞约徐惠的时候，徐惠没搭理。

周五晚上徐惠坐在客厅沙发上的时候，女儿因为徐惠没有给她做一个手工，就冲着徐惠发脾气，老公平生第一次教训女儿：

“妈妈没给你做，你就不能自己做？”

“妈妈这么辛苦，你吃过水果有没有谢谢？”

老公在徐惠旁边坐下，抱着徐惠的肩膀。遥控器换着不一样的频道：从财经到综艺，从体育到广告，从表演眼泪换到表演接吻。

徐惠想起了吴淞，不知道自己究竟看上吴淞哪一点。

吴淞在公司感觉待不下去了，想换工作。猎头公司见过面，新公司也见过面，一切顺利。

他的简历是徐惠推荐给行内朋友的，因为徐惠只想他走。吴淞走了，或许就好了，徐惠这么想着。这些事徐惠眨眼就过去了，吴淞是不会知道的。

梅雨季过了，天气凉爽了许多。

吴淞的儿子出生了，他也换了那间新的公司，升了经理，薪水也上去了。

表妹小产，新男友回去了香港，一个人消沉得不行，徐惠请假了一天假，去陪她说话。

徐惠是不会换工作的，传闻过去了，一切照旧：洗衣服、带女儿去钢琴课。唯一换的是，她的发型——拉直了，剪短了。

DOUBLE
40CM × 60CM
油画
少华 绘

DOUBLE

一般情况下，双胞胎可分为同卵双胞胎，以及异卵双胞胎，区别仅仅在于受精卵是否相同。科学家们说，这个世界上的双胞胎和普通胎儿的出生比率是 1 比 88.6。当然，怀孕的时候，这个几率其实更高一些，因为，有一些双胞胎还在产妇身体里的时候，其中一个比较强壮的胎儿可能会因为有血管连接彼此的胎盘导致他获得的血液更多，也就是说，一个胎儿的供血系统直接来自另一个胎儿的循环系统，另一个胎儿则会越来越弱，甚至还没有出生，就已经死在了妈妈的身体里。

齐先生的妈妈当时就是这种情况，在医院剖宫产以后，发现其中一个胎儿比较健康，也就是后来的齐先生，而另一个孩子其实已经死了，缩成一团辨不出模样来。产后大出血差点让这个妈妈走不下手术台。幸运的是，她被医生救了回来。齐先生后来知道其实自己还有一个弟弟，还在肚子里的时候就已经不在了，心里偶尔也因此会有一些奇怪的念头。

这个周五的晚上，齐先生加了一小会儿班到七点半，犹豫很久，还是决定去趟超市，买点东西、在宿舍看会儿球赛。说到宿舍，其实那不是什么公司的宿舍，是齐先生自己买的房子，已经快供完了，是几年来他在这个城市居住的地方。周六齐先生计划起得晚一点，中午再开车回家。

几年前齐先生买这套小宿舍（他习惯这么称呼它为宿舍，而不是家）的时候，就知道旁边有栋建筑在盖，马路被围了起来，汽车和行人混着。从宿舍的窗户可以看到那一片工地，听到腾腾腾的声音。一座高架盛气凌人地从眼皮下穿过，白天留下嘈杂声和桥底的大片阴影，晚上带来彩色的市政装饰灯，24 小时表达着它巨大身躯的存在感。前年只有一个街角有家便利店，如今四个街角居然都有便利店了，不同的连锁品牌，一样的 24 小时营业，陪着头顶的高架桥 24 小时忙碌，像是野草一样不知道哪一天在这些角落里长了出来。齐先生有时候会在晚上去某一家便利店买点宵夜，然后喝着啤酒走过那座巨大的高架桥，回到自己的宿舍里。偶尔，齐先生觉得这些晚上似曾相识，一个人拎着东西不紧不慢在昏黄的灯光下，听着出租车、小汽车、面包车和卡车驶过，一个人走回小区、跨进电梯、走回宿舍里。

今年年初，宿舍旁边新开了一家购物中心，地下 2 层是大型超市，楼上是写字楼，所以，齐先生下班的时候总会去那里吃饭或者买点东西。这里周围几乎没有什么商业设施，所以购物中心的开业，半年后依然保持很火爆的样子，周围小区的所有居民都蜂拥而入。自动扶梯和电梯总是很多人、餐厅需要等位、停一次车需要转好几圈找空位、超市的结账处总是在排队。齐先生置身这里，总觉得很舒服，像是从观赏鱼店里带回来的七星，游在宽敞的新家，东瞅瞅西看看，自在无比。

晚上八点半，齐先生回家换了衣服，来到购物中心。五分钟内吃完一份团购，还没全饱正在纠结要不要再点第二份的时候，齐先生犹豫了一下，再吃一份加上等待的时间，有些赶。快九点的时候，齐先生匆匆忙忙赶到超市。他算算时间，超市九点半开始打烊，还有大概半小时，在入口推了车子快步走了进去。

齐先生的衣柜里有很多一样的衣服，比如，一模一样的裤子、不同颜色相同款式的衬衫、一样的皮鞋或者运动鞋。这让齐先生在很多场合从着装看上去很类似，那就是齐先生。齐先生还有其他一些类似的东西，比如客厅和卧室各有一台电视机，两台一样的电脑，同样味道的香水，厨房里一模一样的炒锅和锅铲。

商场负二层超市食品区，包括生鲜、熟食，负一楼是电器、鞋服、日用品等。齐先生推着车子从负二楼进来，穿过人群和成片的可乐、啤酒、卫生纸，走上小楼的滚梯。车子稳稳地卡在滚梯上，时间还有，齐先生有种不用太急的惬意。这种惬意不是开车插进左行道、奔向机场安检通道、深夜赶 PPT 时候有的，是齐先生在买东西之前所具有的惬意。滚梯两边是各种膨化食品、普通餐巾纸和湿纸巾，因为超市已经贴心地帮你想到了他们需要搭配起来买。令人欣慰的是，齐先生拿了两包膨化食品，其中一袋上印着孜然烤肉味、另一袋印着一只硕大无比的番茄。当然，齐先生也选了两包看上去像海洋图案的湿纸巾。这不到 2 分钟里，车子依旧牢牢地卡在滚梯上，纹丝不动。

负二楼是食品区，齐先生庆幸自己对这里的面包无感。水果区挤满了白发的老人和牵手的小情侣，苹果带着磕磕碰碰的淤痕躺在半人高的筐子里，占据着这里最耀眼的位置。齐先生随手拿了已经称好的梨和草莓。

水产区的鱼缸里蹦出一条鱼，在白色瓷砖地面上翻着身子，齐先生推着车子尽快离开那里直接拐进零食区。第一排货架上是巧克力，吃太多甜食不太好，齐先生扫着货架上的各式巧克力慢慢走向第二排货架，这里是各种坚果类零食，齐先生随手拿了两包瓜子、两包开心果：准备一包放在家里、另一包放在公司，或者一包放宿舍，一包明天开车带回家。

接下来是饼干和真空包装的蛋糕区域，齐先生想着下周也许早餐需要一些方便带的东西，选了包装比较大的蓝莓夹心蛋糕和咸味饼干，当然，各是两包。也许家里也需要存上一包，以备不时之需，比如晚上在家加班时候来上一点，伴着一杯咖啡。齐先生按照这个想法在接下来的咖啡、固体饮料和茶叶中选择了一盒红茶一盒绿茶。桶装饮料区，几乎一半是百事可乐和可口可乐，齐先生在大瓶装的果汁和碳酸类饮料中纠结，一个声音说，太重了；另一个声音说，你需要看电视的时候来一杯放了冰块的东西喝，于是，两款不同口味类似包装的果汁被装进了推车。

进口食品区的各种罐头放在最显眼的位置，有即开食用的肉罐头、水果罐头、异国蔬菜罐头，齐先生挑了看上去还不错的两罐，想象着，周日早上打开给孩子、太太尝尝的那个时刻。低头看看已经越来越满的推车，突然想起沐浴液还剩下三分之一瓶，连忙推着车子快步走向日化区的促销中场，齐先生看到了黑色浓密牙刷，四支装只需要二十九块九。一个放洗漱包，另一个换掉家里已经用了一个多月的那只，这么考虑着，牙刷跟旁边的买一送一薄荷口味牙膏也被扔进推车。两支沐浴液、买一送一洗面奶就这么都被丢进了车子里。

齐先生推着已经满满的车子，想着此时已近打烊，立即掉头冲向收银台。纠结良久，选好了不算人最多的十二号台，齐先生总算可以暂时站着休息一会儿。当然，买单前齐先生还是在促销便利柜里随手选了两瓶口香糖。四百八十六块的结账清单让齐先生有点惊喜，连数字都是偶数实在让人舒服。

齐先生已经想好了怎么向妻子解释怎么回家带这么多日用品。只是，齐先生还在犹豫要不要告诉妻子，在那栋楼的旁边下他已经又交了一份首付，买了一套几乎同样面积和结构的商住房，加上两个房子的贷款，估计每个月已经无法给妻子上交跟之前一样数额的家用了。

可乐
40CM × 60CM
油画
少华 绘

可乐

游先生爱喝可乐，吃火锅的时候，他会喝可乐；吃面的时候，他会来一听可乐；踢完球，他会喝几口可乐。有时候，老婆会让他少喝点，有时候，他自己也刻意地少喝点。可乐他也不怎么挑，牌子都行，每当拿起那些咖啡色液体的瓶子，喝上一口，气泡混着甜味的液体刺激口腔，游先生感觉就想自己是一只两栖动物，慢慢地从水里游出来，走回到广阔的陆地上。

游先生话很少，没什么表情，跟老婆看泪点很高的电影也没怎么哭过，平常看到有趣的东西也很少笑。为此，两人结婚前一起去体检的时候，老婆还私下问医生，游先生这是不是什么面部神经病症，以后有了孩子会不会遗传？医生笑着说，有些人就是天生这个样子，没什么表情，但不代表着他没有情绪。

结婚那会儿拍婚纱照，却是让摄影师和游太太头疼过。无论是表达深情凝望、灿烂微笑、带点故事味道的表情，游先生都要自己调整很久，所以大多数照片里，都是两人表情很淡的样子，没有一张摄影师喜欢的，也没有一张游太太钟意的。游先生那时候也内疚过，但是实在没法儿表现，所以，拍拍也就过去了，选了一张特别大气贵气、两个人看上去表情庄严、神态隆重的照片挂在卧室的床头。

游先生在第一人民医院附属的慈爱医院住院部工作。听上去像是一个普通的住院部，其实就是各种重危病、癌症晚期患者临终关怀医院住所。整个地方看上去像个宾馆，入口的院子很大，草坪上是一个喷泉，很少开。倒是那个草坪很漂亮，经常修剪，又绿又平，无论对刚走进医院的人和住在病房正对着它的病人，看上去都觉得很舒服。有太阳的时候，吃完午饭，游先生会喝着可乐坐在办公室里，看着那片看上去很假的绿色草坪。

大厅像普通的医院，只是没有那么多排队的人，宽敞极了。室外的阳光从落地玻璃洒进来，加上角角落落里摆放的各种盆栽植物，让大厅特别有生机。墙上有宣传画和大屏幕的液晶电视，都是解释临终关怀、积极生活的各种图文。基本上所有的检查室、医生的办公室都在一楼和二楼，三楼以上就是病房了。后院是个小园子，有假山、绿树草坪、绕着弯的池塘和一个小亭子。天气好的时候，偶尔有护士和家属推着病人待在那里。后院角落有处两层楼的房子。房子盖起来最早的功能是做停尸房，开始的一两年还在用，那个时候每个月都有人被推进去。后来考虑到楼上病房里都看得到，这里就暂停使用了。

游先生的办公室在二楼，能看到前院儿。没有病人需要检查的时候，游先生就窝在房间里。游太太记得，先生工作的地方，设施、服务都挺好的，连医护人员的宿舍都很舒服，就是人待在里面太不得劲儿，特别困，想睡觉。

游先生还在跟游太太谈恋爱的时候，带游太太去过那里一次。那时候，她还留着长发，走过草坪拉紧游先生的手，微风吹过，长头发在风里飘啊飘啊，阳光照着他们感觉很好。游先生带着她走过大厅、走过检查室、走到他的办公室。两个人时不时说句话、看看窗外，还一起吃了医院食堂的职工盒饭。游太太看到盒饭里的菜花，说这个菜花像不像一只鸭子，一个人傻傻地笑啊笑啊。游先生也是在那个时候觉得她是可以跟他一起过日子的人，因为她开朗，爱笑爱说话，不像自己，怪闷得慌。

游先生问她，我这人没什么话，脸上也没什么表情，你跟我在一块儿无聊不无聊？

游太太说，跟你在一起，我还挺踏实的。

新房装修的时候，游先生赶上医院同时来了几波重症晚期病人，各种加班加点，顾不上装修的事情。游太太一个人跑前跑后，夏天流着汗在房间里跟师傅一起干活，一起在太阳底下跑家装市场，大半夜一个人在网上比较价格、比较评论。房子装好了，干净舒服，简单大方。

游先生说："老婆你辛苦了"。

游太太说："给姐笑一个"。

游先生就龇牙咧嘴了半天，游太太看着他，傻傻地一个人笑啊笑啊。

结婚那天，游太太穿着自己租来的婚纱，自己化了淡妆，婚庆公司说太淡了。游太太说，淡点好，那么浓干嘛，又不是表演节目。游先生穿上西装整个人都很精神，帅得像演员。游太太从她爸爸送她出门开始一路哭到了舞台上。可是轮到敬酒的时候，游太太牵着游先生，又从第一桌笑到最后一桌。

游先生问："你怎么这么高兴？"

游太太说："今天属我最漂亮，怎么能不高兴呢？"

游太太怀孕的时候，自己的妈妈出门摔了一跤，骨折住院、打完钢钉回家静养、回到医院拆除钢钉再回家静养，折腾了一段时间。游先生陪着太太一起照顾老人。游太太给自己和妈妈一起炖鸡汤、炖排骨汤，多余的也让游先生喝。

游先生说："老婆你真棒。"

游太太说："那可不是吗？娶了我真是你有福气好不好。"

怀胎8个月的时候，游太太在小区散完步，准备回家。进了电梯按下楼层，电梯稳稳地上升，游太太心底盘算着回去吃点水果，再吃午饭。结果，电梯卡在10楼不走了，游太太没带手机，使劲砸门大叫，突然间电梯迅速地下滑。游太太赶紧把所有按钮按了一遍，电梯停在了3楼，还算幸运。

游太太回家，惊魂未定，宝宝好像安好，坐在沙发上发呆。游先生下班回家，问游太太今天过得怎么样？游太太就绘声绘色地说了这事儿。

游先生把太太抱在怀里，说："是我不好，是我不好。"

游太太说："跟你啥关系啊，是小区物业的问题，你快去帮我跟他们吵一架，让他们找人修电梯。"

游先生打电话到物业，各种大骂，但是想想解决不了问题，冲去物业问值班人、负责人、电梯公司的电话、地址。几天后，他们总算把电梯各种检测、大修了一遍。

怀胎快十个月的时候，游太太进了医院，第二天下午就进了产房。黄昏的时候，孩子就出生了，焦急等待的两方老人跟游先生陪在产妇身边儿。游先生抱着自己的女儿，老婆虚弱地躺在病床上。小家伙闭着眼睛，缩在游先生的怀里，偶尔，抽一下或者左手动一下。旁边的游先生父母和太太的父母，都一副喜得孙女容光焕发的样子，找各种大事小事地忙前忙后。而游先生似乎并没有被这些打动，护士说，跟产妇再说几句话，家属就准备离开一会儿，孩子要送去育儿室一段时间做些检查，产妇也要检查一下。

游太太偷偷拉住游先生，在他耳朵边说，怎么不见你流下激动的泪水？游先生说，今儿没怎么喝可乐，流不出来，面无表情地低下头来亲了孩子一下，也亲了游太太一下。然后他就晃着晃着，带着四位老人走出病房。游先生翻口袋，丈母娘问他，要找什么啊？游先生说，我找点零钱去买瓶可乐。继续晃着晃着，从他外套里翻出一叠零钞和半包餐巾纸。游先生面无表情地走向楼道口，迎着一道亮光往前走，依然面无表情，两行热泪流了出来，左手握着那叠零钞，右手握着半包餐巾纸。

游先生依旧没有表情，可这阻挡不了他时不时喝一口可乐，阻挡不了他爱太太，爱他的小日子。

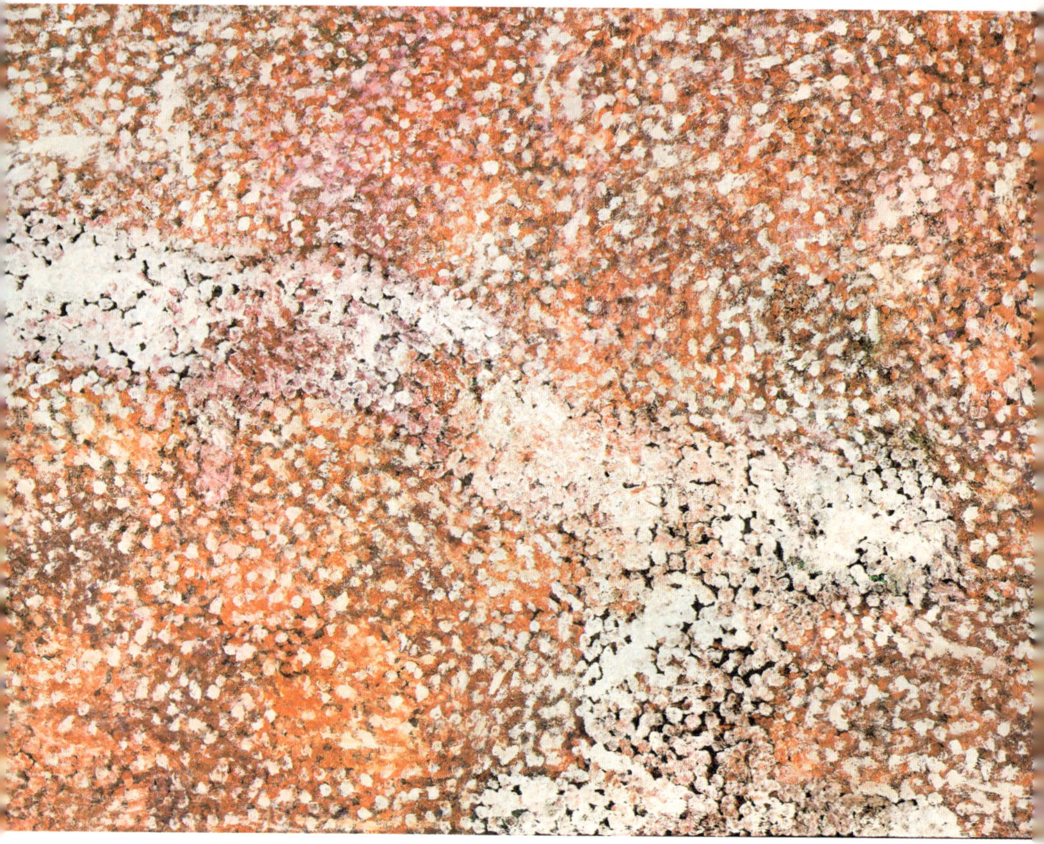

箱子

180CM × 280CM

油画

少华 绘

箱子

今天是皮先生去世第四天的日子。外面冷得出奇，待在家里应该还算不错，可是这片社区暖气的地下管道出了点问题，供暖全停了，估计要两天才能修好。突然的降温带来大风吹走了取暖以后的雾霾，冷空气冻住了外面的一切，包括蓝透了的天。

皮先生的尸体放在殡仪馆里二号房间 2A–01 号冰柜里。皮先生全家人聚在他生前的家里，两室一厅的房子里被外面的阳光照得亮堂堂。大家的心情虽然很沉痛，但是很多不见面的老朋友因为皮先生的故去，反而有了难得的机会凑在一起，倒也是流露出了一些温情。昨天至今，家里暖气因为整个小区的供暖系统故障停了，即使家里是室内，温度也不见有多高，送花圈的一些亲朋好友大都坐了坐、说了些安慰的话就走了。客人们来来往往，寒暄、问候、掉眼泪，最受大家欢迎的是一杯一杯的大麦茶，热乎乎的。小皮先生和儿媳妇带着家人在接待客人。皮太太还算坚强，能勉强见客，碰到自家亲戚来访，皮太太会忍不住握着自己亲戚们的手，难过一阵子。

皮先生火化以后，小皮先生想让母亲跟自己住一段时间，但是母亲死活不愿意过去，说家里没人，老皮先生会太孤单，自己要在家里陪他，说完一把鼻涕一把泪。小皮先生只得作罢，决定自己在家里住上一段时间，陪陪妈妈。小皮太太对这事挺支持，自己在家带着孩子，偶尔也来看看。

这几天小皮先生在家里帮妈妈整理父亲的遗物，大多数准备送到接收捐助的地方。母亲留了一些对她来说重要的东西，家里的暖气也来了，两个人一起说说话，偶尔聊一聊父亲生前的事情，母亲看上去情绪稍微有所好转。下午的时候，小皮先生在书房里找到一个箱子，里面好多零碎小东西，文具、化妆品、牙刷，都是没有用过的，里面还有一封派出所开出的调解书。小皮跑去问妈妈怎么回事？妈妈说自己也不知道。处罚通知单是1年前的日期，顺着上面的标示，小皮先生找到了城南的一个派出所。跟值班的老民警说明为了了解已逝家人的一张调解书。老民警说这事要等等，另一个民警可以查，但是要等下午了，那个人现在出警办事去了。

时间已经中午，小皮先生出门准备找点吃的，接到家里的电话，一听才知道是儿子打来的。儿子问，爸爸你在干嘛？小皮先生说，我在查个事情，是我爸爸的事情。儿子说，那你查完你爸爸的事情，可以给我爸爸说，我想他了吗？小皮先生在电话那头笑着说完了电话。吃好饭，小皮先生回到派出所，等来了老民警说的另一个人中年人，跟自己一般大，仔细辨认才知道是以前老街坊邻居。寒暄良久，小皮先生觉得不好意思问那张针对自己爸爸的调解书了。

中年民警说，这张处罚通知是对老皮先生在超市偷窃的处罚。

那天，是老皮先生第23次在超市偷东西了。早上起来的时候，老皮太太去楼下买了豆浆、油条，配上咸菜，等着打完太极拳的老皮先生一起吃早饭。电视播着新闻报道，谁打哪里来了、哪里刮风了、谁在哪里得大奖了，以及一个孩子获救的新闻，诸如此类。然后老皮先生穿戴整齐就一个人出门了，跟太太说是自己去文化宫看书法去了。这么说是因为太太不喜欢书法，也不喜欢一堆糟老头子窝在屋子里抽着烟说着话。

老皮先生坐车来到城南，进了一家不大的连锁超市。门口柜台是个中年女人，一头卷发乌黑油亮，穿着短袖，个子很高，人很白很富态，眉毛挑得也高，说话声音也很高。她正在给一个顾客结账，一边还在跟店里在整理冷柜的另一个中年女人讲话。老皮先生走过最外面一排零食，在冷柜前看了看，翻了翻牛奶、啤酒，顺便看了看正在整理冷柜的中年女人。她半蹲着，肥大的屁股对着过道，阳光从橱窗外照进来，落在她那条撑得很紧的浅色裤子上，像个巨大的剥了壳的茶叶蛋。

超市里音乐声有点大，流行歌曲混杂着三三两两的顾客，显得拥挤而嘈杂。一个年轻姑娘在选那些好看但没有任何营养的零食，另一个小伙子拿着饮料走向收银处。小超市的琳琅满目让老皮先生突然有种错觉，这里的一切，都太多了，需要被人带走。

老皮先生拐到背对着收银处的过道里，这里摆放的主要是日化用品，有洗发水、沐浴液、香皂、卫生纸等等。老皮先生左右看了看，拿起一个刮胡刀就往自己口袋里装。然后大模大样地走了出去。回到小区，老皮先生随手把刮胡刀送给了门口的保安，说超市刮奖中的。保安乐呵呵地收了东西，目送老皮先生远去。

第二天，小雨一直没有停，淅淅沥沥地下着，院子里的树叶、青草跟说不上名字的植物们被雨水洗得干干净净，绿油油的。在家跟老伴吃完午饭，老皮先生计划继续去那家店转转。昨天的两个女店员只有高个子的在，老皮先生进门的时候，她正蹲在收银台整理东西。这家连锁超市里工作人员不多，今天只有高个子女人一个人在忙碌。断断续续顾客也不太多，不知道是不是音响问题，没有了那些声音暧昧的流行音乐，超市里也显得空空荡荡。这雨让看上去丰富多彩、琳琅满目的超市变得冷冷清清，像湖边的亭子，晴天坐满了人，雨天孤零零得越发清净，连地方都觉得大了。

老皮先生有点犹豫要不要进去，但是人都来了，老皮先生想着带上点东西，幻想着把东西送给保安或者保洁大姐时，他们的感激跟不好意思的微笑回报，就还是犹豫着走了进去。老皮先生转了一圈又一圈，从入口的零食、到冷藏区的几十块一瓶的进口酸奶，还不见店铺里有更多的顾客走进来，而且收银台那个高高壮壮的中年女人时不时地在店里跑来跑去。老皮先生中午吃了打卤面，口有点重，此刻正好看到一排啤酒，顺手拿起一瓶放在怀里准备走出去。中年女人抬头看到他，说，大爷，这边买单。老皮先生紧张极了，不得不停下来回头，掏钱付了账。

走出超市，在半阴不阴的路边，老皮先生拿着冰冷的啤酒，想着退休以后好像从来没有大白天在街上边走路边喝酒，想着刚才的有惊无险，神色窃喜，于是微笑着就开了瓶盖，喝了起来，昂首挺胸地走着，自己乐呵呵的感觉特别满足。酒喝了一半，已经走过两条街了，劲儿有点上头。站在红绿灯口，老皮先生看到了斜对面还有个小超市，门头上是有点旧的店名，门口停着一辆自行车。于是，他脸上泛着红晕就大大咧咧地走了进去。

这家超市本来就不大，加上老皮先生带着酒劲儿，转了两圈给口袋里放了两根笔，怀里放了包奶粉就准备往外走。他刚跨出门，就被收银台的人一把拽了进去，结果那包奶粉也掉在地上。一阵争执之后，从超市后面冲出来另一个胖胖的男人，一拳打在老皮先生的脸上，老皮先生踉跄地倒在门旁，头重重地撞在门上，嘴里流了血、头也有道红印。

店主边骂边打电话，过了一会民警赶来，问清情况，数落了店主一通，也带走了老皮先生。进了警察局，老皮先生被问话的一位民警认了出来，原来是以前的老邻居。老皮先生因为年纪大了，而且熟人也觉得老皮先生不是惯偷，所以稍微客气了些。

熟人问老皮先生，是不是偷东西了？老皮先生说，是的，偷了两根笔和一包奶粉，给发现了。熟人问老皮先生，为啥偷东西？老皮先生沉默了好久，也没说话。熟人让其他民警给老皮先生倒了杯热水，继续问，是不是家里太紧张了。老皮先生动也没动那杯水，低声说，自己偷东西上瘾了。熟人问，为啥能偷东西上瘾呢？老皮先生说，自己一辈子管了单位的仓库，从来没有多一个东西或者少一样东西，拿过很多回优秀员工跟表彰。结果后来公司改制垮了，老皮先生提前退休后，听前同事们数落着各个单位领导一个一个发财致富，通过各种方法把仓库的东西从他眼皮下面往外运，变现后把钱放进自己口袋里，就气不打一处来。老皮先生挪了挪位置，双手握住那杯热水，接着说，有次去超市顺手牵羊，心里特别舒服，从此十年来小偷小摸就没断过。但是赃物从来大都送人，只有一个箱子存放了几个没送出去的东西。

熟人按照规定作了记录，考虑到老皮先生的身体状况，教育了打人的店主，给了老皮先生一份调解书。老皮先生没敢跟家里说，回到家里只说自己摔了一跤没啥大碍。直到有一天，在家里突发心脏病，太太买菜回来发现老皮先生已经躺在地上没了呼吸。

过了一个礼拜，老皮夫人让儿子把这些东西处理掉，尽快从书房拿走。小皮先生端着这箱子，不知道怎么办，想着楼下的阿姨、门口的保安跟他们那个四五岁呆呆的孩子，就送了过去。孩子拿着箱子，保洁阿姨堆满笑容地让孩子鞠躬感谢。那孩子专心地在箱子里翻啊找啊，头也不抬地说，谢谢爷爷，谢谢爷爷。

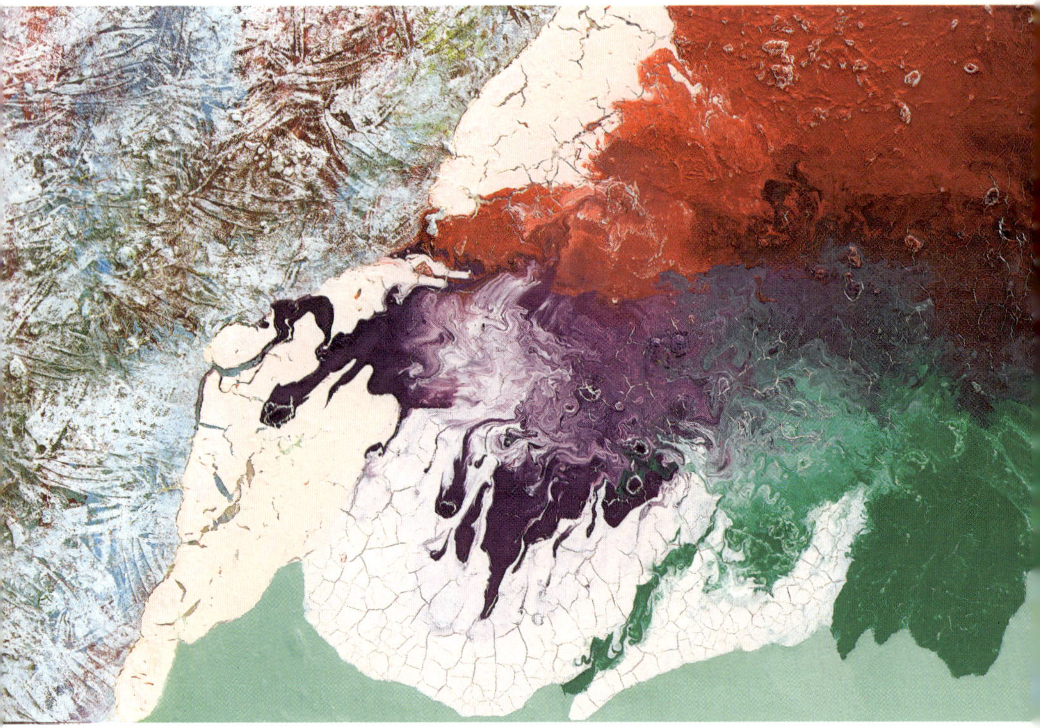

邀请函
50CM × 80CM
油画
少华 绘

邀请函

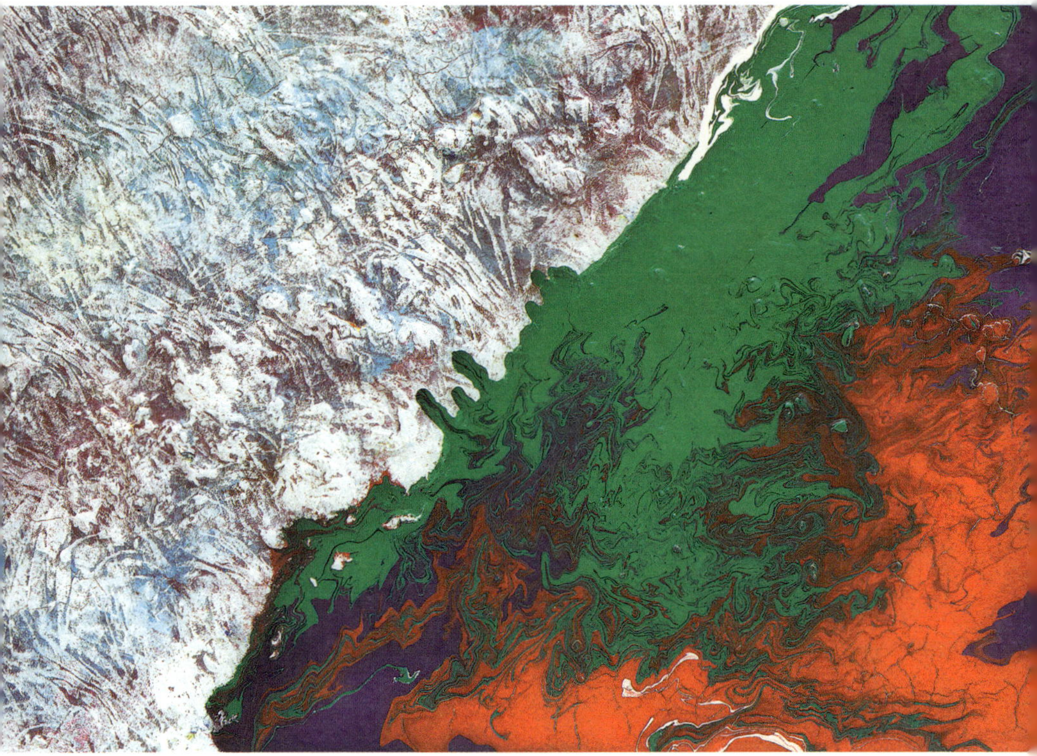

邀请函

40CM × 60CM

油画

少华 绘

Janny Chung 被媒体和粉丝称为男神，得过一些说不上名字的大奖，参演的片子也都大卖，性格直率让他具备了很多男演员所缺乏的亲切感。前几天他的助理上某一档娱乐节目，吐槽 Janny Chung 私下的不拘小节、篮球和网球爱好更是让推手们在网上发了一通稿子，社交平台被粉丝们转发无数。不过，除了部分圈内好友和那个节目的女助理，几乎没人知道 Janny Chung 的私生活有多么放得开，女粉丝、女模特、女记者、女赞助商，只要漂亮的，几乎都跟他上过床。

林小姐算是其中之一，不算惊艳，但妆后做个平面模特还说得过去。多年前作为系花第二，跟已婚的教授谈了场轰轰烈烈的恋爱，后来被教授夫人发现，居然跟电视剧情节一样，教授夫人跑来系里大闹一番，差点让系花被开除。

毕业后，林小姐先是进了一家晚报社，工作内容比较简单，政府机关跑了半年，给新闻办写稿子；然后申请调去了社会版，各种柴米油盐、大众万象采访了一年多，顺便谈了个小官二代，个子高人长得很精神。本来都到快要结婚的阶段了，但林小姐发现两人性格差异太大，还是掰了。按照林小姐的说法，对方想要个花瓶，她自己不太适合温室。分手的时候，双发家长都拉着对方的手说，年轻人要互相包容、互相忍让，林小姐的七大姑八大姨围着林小姐各种好言相劝。这一切更坚定了林小姐决心，一定要分得干干净净。在同学会上她跟在另一个娱乐类杂志工作的同学聊起来，觉得换个地方、换个环境也许更好。于是，27 岁的她只身跑到这个大城市，开始了单身娱记的生活。

参加各类卖座或者不卖座的电影、电视剧发布会，跑片场，联系各种好说话或者不好说话或者不怎么爱说话的经纪人，采访部分会说话或者不会说话的明星，发各种来自现场采访的或者来自经纪人公司写好的通稿。虽然比起晚报社的工作略累一些，不过这番自由自在倒是让林小姐觉得，放弃了之前、选择了现在真的很正确。

除此之外，林小姐租着房、挤地铁、空了改善生活吃点好的、节衣缩食给自己买点好东西、带父母出门去个新马泰、谈靠谱或者不靠谱的男朋友，跟这个城市里很多年轻人一样。只不过，她这个年轻人更有机会接触点儿有名的人。

第一次采访 Janny Chung，是一个肥皂剧的杀青发布会，在五星酒店的宴会厅里。那段时间 Janny Chung 正在经历要大牌、跟某活动现场工作人员冲突、与绯闻女友分分合合甚至传得过于狗血的负面新闻。虽然这次他只是肥皂剧某一集的客串，但为了宣传也被邀请参加，可是风头完全盖住了主角们。之后单人采访的时候，各路人马都围着 Janny Chung，问各种媒体希望粉丝看到的问题。林小姐在采访记者的最外围，冷不防被往后退的人群推倒，大叫一声后坐在地上。Janny Chung 冲过人群来到林小姐身边扶起她，露出灿烂的笑容，并被广大记者拍照。Janny Chung 大方地让林小姐提几个问题，说是要补偿这位小姐。记者们纷纷鼓掌，表示对 Janny Chung 善良亲切的赞许。

采访结束后，经纪人过来按照事先约定的摔倒细节跟 Janny Chung 扶她起来的环节，给了林小姐一个红包和一个邀请函。林小姐打开看了看，原来是Janny Chung生日的私人派对。当天晚上，各类线上线下娱乐版块就都被Janny Chung和林小姐那段视频，以及绯闻女友的俏皮微博互动给轰炸了。当然，林小姐低着头，而Janny Chung扶着她正面朝向镜头微笑着。

几天后就是Janny Chung的生日，林小姐记得那天上午出现在某先锋话剧发布会现场，主办方送了一块白色的蛋糕；下午林小姐去片场，赶上Janny Chung录一个场景，事后剧组也邀请探班的记者们给Janny Chung过生日，是块蓝色的蛋糕；晚七点半的影迷会上，Janny Chung和一群影迷在一块绿色的蛋糕前合影。花花绿绿的蛋糕跟她追逐的这些花边新闻、美艳动人的明星一样，色彩纷呈。

晚上十点在某个高级会所开始的私人派对上，Janny Chung才开始了自己给自己的生日派对。林小姐换上白色的连衣裙淡妆出席，明星很多、媒体人也很多，还有导演、制片和投资人。鸡尾酒、精致的小点心、靡靡的现场音乐和近景表演，让人沉醉其中想入非非，仿佛生命本该抓住每一秒来享受。但是，这一切的甜蜜跟灯红酒绿仿佛都不够，Janny Chung又给自己准备了块粉色的蛋糕。

吹了蜡烛、切完蛋糕，Janny Chung来到人群中打招呼，跟熟悉的朋友耳语，听伴奏即兴演出，看起来像个好动活泼的男孩子。林小姐隔着很多人凝望着Janny Chung，这时候他的经纪人穿过人群走了过来。她紧张地端了杯酒一饮而下，彼此寒暄后，经纪人去跟其他朋友聊天了。林小姐走向Janny Chung，心跳得很快，但还要装作轻松而且美丽。

站在这个不太真实的人面前，林小姐微笑着说了声，生日快乐。

Janny Chung看了他一眼，敷衍着微笑说，谢谢。

林小姐提醒着说了句，还记得我吗？发布会摔倒了被你扶起来。

Janny Chung似乎想起了她，微笑着说，是你啊，举着杯子和林小姐碰了下。

身边的那些友人各自开始聊其他的事情，回避着走开了，像香槟里的气泡，一点一点地消失在角角落落。林小姐很高兴，Janny Chung似乎跟她像是熟悉的朋友一样聊着天。突然间，Janny Chung冷不防耳语了林小姐一句，晚上有什么安排？林小姐也贴在他的耳边回了一句，你有什么安排？

再接下来，林小姐跟着Janny Chung从酒吧后门离开。临走，Janny Chung和助理打了个招呼。林小姐还没来得及看清那个助理的眼神，就被Janny Chung匆匆拉走了。

林小姐跟Janny Chung坐车后排，听见他跟司机说了句，回家。一路上，Janny Chung把林小姐搂在怀里，淡淡的香水味道弥漫在车里，林小姐想象着这个男人会住在什么样的房子里，床单是什么颜色，卫生间是不是很大很明亮，冰箱里会不会有酸奶，睡前会不会还敷个保湿面膜，等等一切。

晚上很冷，空气格外得好，下弦月在车子前方，拐个弯，便躲在高楼后，剩下月晕的外圈，被建筑上的灯光比了下去，淡淡地看不见。司机开车很快，将近午夜的时候，城市的霓虹依然灿烂，高架上的出租车比私家车更多，载着不同的人去往不同的地方，回家或者离开家。市中心高楼林立，几束蓝色和白色的光扫来扫去，消失在天空里。像在科幻电影里一样，城市有了层次，温柔把玩着每辆疾驰而过的车子。

林小姐后来经常回忆那一晚的每个细节，在车上的期待，跟车外的那座跟以往都不太一样的城市。Janny Chung 玩得很疯，林小姐配合着放得很开。除了他要求的真正的亲密接触，林小姐还是坚持使用了安全措施。卧室的音乐在放着、客厅的电视从进屋开始就没有停过，屋子里的灯暗暗地、充满了各种不安分的光，Janny Chung 喘息不停地换着花样。凌晨 3 点的时候，两人躺在床上，Janny Chung 抱着林小姐，说，明天还有活动安排，需要休息了，我还是让司机送你回去吧。林小姐才带着遗憾，坐着车离开了这场梦。

这之后的一年里，林小姐再次碰到 Janny Chung，但也是在某个颁奖礼的后台采访。林小姐也给他去过几个电话，不过都是助理接的，林小姐不得不编出几个问题随口问问。

秋天的时候，城市里的音乐节开始了。Janny Chung 作为表演嘉宾，要跟某民谣乐团合唱一首。现场氛围很好，林小姐也有机会在后台采访到他，当然，是跟一大群人一起采访。活动结束，林小姐看到 Janny Chung 的离去，还在怀疑那晚她去了他的家里到底是不是真的。

走出公园，Janny Chung 的助理跑过来，送给她一个信封，原来是一场 Janny Chung 的六一儿童节私人派对。林小姐控制自己不要喊出来，谢过助理。

六一派对的地点在一个俱乐部，林小姐换上攒钱买来的连身裙，美得跟花儿一样去了现场。派对更像是一个产品的发布会，甚至有很多记者参与。第一次，林小姐站在背景板上被拍，看着自己的同事拿着相机对着自己，林小姐理了理头发，神气十足地摆着姿势。在现场，Janny Chung 只是简单地过来打了个招呼。10 点多的时候，林小姐收到了一条来自 Janny Chung 的短信，告知另一个比较私人的活动邀请她一起参加。

林小姐跟一位现场认识的媒体朋友一起前往，目的地是某卫视台的一个女主持人的一所别墅里。友人停好车跟林小姐一起上楼，在上楼梯的时候林小姐崴了脚，不争气的鞋跟断在楼梯上。阿姨开门的时候关心地问了下，林小姐只得尴尬地笑了笑。不同于刚才的秀场发布会，这里更加温暖舒服，人不多，Janny Chung 懒懒地坐在沙发上跟别人聊天、喝东西。

午夜的时候，很多人都回去了，Janny Chung 不知道去了哪里，整晚除了跟林小姐碰过一次杯，再也没有其他话，也没有问她今晚有没有什么安排。林小姐起身告辞，没有人知道她今晚的目的，开车载她来的朋友已经先走了，林小姐估计要走出去自己打车。女主持正跟别人聊得高兴，只是对离去的林小姐点了点头。

林小姐等了很久才拦到一辆车，结果出租车开到了她住的小区门口死活不肯进去。林小姐只得自己往里走，风有点凉，她也觉得有点冷，进了家门就摊成一团窝在沙发上。那几杯红酒的酒劲儿过去了，林小姐突然觉得很饿，打开冰箱找来找去，只剩 1 盒冰冷的早餐奶。“喝完这杯就去睡吧。”这么想着，打开电视当背景音乐，一个人坐在沙发上喝完了整盒牛奶。

几天后，同事午饭八卦，说起最近又在传几个感染了 HIV 的明星，居然有 Janny Chung。虽然是无聊的八卦，但是说者无意听者有心，林小姐敷衍着谈话，内心惶恐极了，下午就冲去医院检查。

等待的半个小时非常煎熬，但结果让林小姐释怀：还好，自己没事。

这些事情是阿姨讲给大伙儿听的，林小姐是阿姨惟一的女儿，从小跟阿姨一起长大。因为父亲过世早，阿姨对林小姐很宠爱。但是林小姐从小就有很强的占有欲，甚至以死要挟阿姨不要再嫁人。面对喊着要自杀的十多岁女儿，阿姨只得放弃了那段挺不错的缘分。对明星 Janny Chung 的妄想症，让林小姐精神错乱，从高中毕业开始，她的病就越来越严重。

医院的费用太高，阿姨负担不起，只得将越来越急躁、动不动就发脾气摔东西的女儿林小姐关在家里。Janny Chung 继续做演员、上杂志、出席各种代言产品发布会和大型活动。在林小姐的想象里，偶尔，Janny Chung 还会被她采访一次，微笑地看着她问，这个答案你满意吗？

维生素
60CM × 100CM
油画
少华 绘

维生素

黄小姐从怀孕3个礼拜开始，吃各种各样的维生素；怀孕前3个月，吃叶酸；怀孕4到6个月，吃钙片跟维生素D；到了怀孕7个月，开始吃含铁营养素。在整个怀孕期间，还吃过其他七七八八的几乎所有的维生素C、维生素B6、维生素B12等等。

一年前，黄小姐发现老公可能有外遇的各种车票、微信和高级餐厅的团购信息。黄小姐斗争了很久，要不要挑明了，纠结过后还是觉得也许压根没有那些事情，也许自己想多了，也就这么过去了。

黄小姐清楚地记得，怀孕前最后一次跟丈夫房事的状况。

当天是周一，自己在公司里各种忙忙碌碌，老公回家比较早而且很善解人意地做了一桌菜。黄小姐有些感动，换了衣服洗完手直接上桌吃饭，两人高高兴兴地边吃边聊。时间不知不觉已经到八点半了，老公神神秘秘地在客厅跟卧室之间进进出出，黄小姐洗完碗筷坐在沙发上看着电视发呆。过了一会儿，老公突然在卧室喊着，你能帮我一下吗？黄小姐走进卧室一看，哎哟，满屋子各色的气球、满床的花瓣、满屋子好闻的味道。老公跪在床旁边，说，亲爱的，你愿意再嫁给我一次吗？结婚周年快乐。黄小姐被老公的这些举动感动了，两人过了一个激情的夜晚。第二天醒来，黄小姐脑海里第一个念头就是，昨晚没做安全防护，也许会有个孩子吧。匆匆忙忙收拾好东西，带着微笑就去上班了。

自己的日子晚了7天来，整个人困得不行，食欲时好时坏，做了检查才知道已经怀孕了。原本黄小姐有机会跳槽去另一家公司，薪水的涨幅是一个方面，自己现在公司两大老板跟海外总部那帮团队的难伺候程度，让她没有任何想在此继续想待下去的意愿。

黄小姐跟老公商量，要不要这个孩子？老公抱着她说，你犯什么傻啊，当然要了，工作没了咱们可以再找，孩子是咱们这个家新的起点啊，不工作也行，我养你跟儿子啊。黄小姐笑着问老公，你怎么知道是儿子？老公觉得自己说错了话，生男生女都一样，虽然我很想要个儿子，跟他踢踢足球、骑骑车子。

于是，黄小姐开始了长达10个月的辛苦生活。

单单是前三个月的呕吐跟尿频，就让她难过得不行。每天早上起床，必须得扒着马桶吐干净，否则根本出不了门；公司开会前，绝对不敢喝一口水，否则坐在会议室里憋得难受。这只因她的小老板特别讨厌开会时候参会的员工进进出出，一副不尊重办公规矩的样子。看到黄小姐这么辛苦，老公跟她商量要不要自己妈妈过来照顾照顾。黄小姐心里其实是不愿意的，毕竟家里地方不大；但是自己妈妈幼年过世，单剩爸爸一个人，如果让爸爸搬过来照顾自己，也不太方便。黄小姐想想老公的妈妈还是比较明事理的，也就同意了这个建议。

过了没几天，婆婆就拎着行李从南方过来，想着自己要做奶奶了，每天乐呵呵地给她做各种好吃，家务全包。对此，黄小姐心里也挺感激，身子虽然越来越大，行动也越来越不方便，但心里总是高兴的。老公变得很体贴，在他不用加班的工作日晚上，都会跟自己下楼散散步；定期的产前检查，老公也会请好假带自己去医院；天气很好的周末他也会带上婆婆和自己，三人偶尔出去一下，感觉日子过得很快。

黄小姐自己看各种网站、定期换不同的维生素吃，定时喝一口水，咽下一颗小小的营养药丸。婆婆劝她不要吃这些药丸，还不如多吃水果、多喝各种材料煲的汤。黄小姐笑笑，水果也吃、汤也喝，维生素放在自己跟老公的房间里和办公室的抽屉里定时吃。

怀孕到5个月的时候，黄小姐的颈椎已经开始不舒服，有天跟老公一起硬撑着到妇产医院做定期产检。医院人多得让人喘不过气来，各种孕妇在排队。黄小姐觉得胸闷难受，等快轮到她做尿检的时候，她终于坐上了过道里一个空座位。黄小姐看着眼前的拥挤、闻着医院里有一点刺激的酒精和消毒剂的味道，顿时眼睛前一片星星。她紧紧闭上眼睛，克制自己的呼吸变得稍微规律一点，在心里对自己说："没事，没事，我没事。"老公刚好去了厕所，不在自己身边，黄小姐慢慢地自己调节着，缓缓睁开眼睛，没事了。等轮到她做尿检的时候，医生告诉黄小姐，她身体里尿液比较少，需要喝点水再来检查。黄小姐只得跟老公回到过道上，一只手牵着老公，一只手端着纸杯子不停地喝，不知不觉已经喝下去了六七杯，突然一阵恶心，吐了出来，结果吐着吐着居然昏倒在地上。老公吓坏了，喊来医生跟护士，把她扶进一个诊疗室。过了半小时，黄小姐才慢慢醒来。休息了一会儿，黄小姐坚持在老公的陪同下做完了其他各种检查，两人一起离开医院。路上，老公问她，要实在不行，咱们就把工作先辞了吧。黄小姐说，没事，没事，我没事，多休息就好了。黄小姐恍惚记得，刚才昏倒的时候，妈妈在自己身边握着自己的手。这一点，黄小姐不太想说，哪怕是对自己的老公。

人们对失去了某个东西的反应，或者很快，或者很慢。

有时候，面对失去的反应会慢上几个月，过上好几年。像是林子里倒了一棵树，它断裂、倒下的时候，没人听得到，只有脚下的大地接着它。经过了很多年，这林子终于进了人，踩到这棵倒下的树，它才被人注意。黄小姐对母亲的怀念就是这样子，从她还是个小姑娘的时候就开始了，慢慢地不知不觉中沉了进去。只是怀念藏在她的潜意识里的，偶然间在外界的刺激之下，会以一种她也搞不明白的方式突然呈现出来。

产检定期还得继续，黄小姐已经习惯每项检查，有时候一个人去，一个人回来。工作也在她的坚持之下继续，除了莫名出现的情绪起伏，其他都好。

一天下午，黄小姐在公司觉得身体不太舒服，就提前下班回家。到了家门口，隐隐地听到婆婆一个人在屋里说话，声音很大，在门口都听得一清二楚。黄小姐听到几句“早年没妈，怎么带孩子啊”“怀个孩子挑三拣四的”“赚得不多花得多，那化妆品一堆一堆的”，心里虽然生气，但是这个时候突然进去实在不妥。只能挺着肚子按了电梯回到楼下，按了家里门铃，婆婆接了对讲机问了问，黄小姐说是自己。进自己家门的时候，婆婆笑着迎接，黄小姐推说不太舒服就回房休息了，直到晚上老公回来，才出门吃了点东西。心里憋着话想给老公说，但是说了合适吗？或许，这些也是老公说给婆婆听的。临睡前，翻开梳妆台的抽屉，黄小姐发现里面的维生素没有了，赌气冲老公发了个小脾气。老公苦笑着从床上坐起来连说，好好好，明天给你去买。

那晚，黄小姐躺下很久，看着身边打着呼噜的老公，想着未来三个人的生活，倒下很久才睡着。

天气渐渐热了起来，出门就是一身汗，7 个月的黄小姐身子已经很大了，老公劝他还是别去上班，干脆开始请产假。但是想到回家要跟婆婆一直待着，她就回绝了老公的建议。可是这样一来，老公要提前 1 个小时起来送她去公司，每天早上婆婆也起得很早给他们做早餐，看着睡眼惺忪的老公，觉得自己也太任性了。于是，过了一个多礼拜，黄小姐还是决定请了长假回家休息。

早在 1 个月前，黄小姐已经联系自己的熟人帮忙看了孩子的性别，女孩儿。老公嘴里什么都没说，婆婆好像也跟不知道一样，倒还是和和气气的。等到了预产期，黄小姐在老公的陪同下入院，医生问黄小姐，是要顺产还是剖宫产的时候，黄小姐选择了剖宫产。当晚婆婆就来了电话，劝她做顺产。黄小姐觉得，婆婆是希望自己生完这个，再接着生个儿子出来，含糊着回答了几句，就睡了过去。

早上 6 点下床上厕所的时候，羊水破了，阵痛紧接着来了，黄小姐被推进手术室。她对护士说，要不还是顺产吧。老公跟婆婆在产房外等了 2 个小时，孩子才落地。满身大汗的黄小姐昏睡过去，等醒来的时候，老公在身边，婆婆端着鸡汤，孩子安安静静地躺在自己身边。

孩子一天一天长大，黄小姐看着这孩子，总有说不出来的心疼。当年妈妈也这么抱过自己吧，那么早过世，妈妈心里一定不舍得自己吧。于是，黄小姐变得对孩子的任何事情都特别担心。天热，孩子出了痱子，黄小姐每隔十分钟就给孩子擦擦身子；孩子睡得不踏实，黄小姐也整宿整宿地陪着。

孩子满月、自己坐完月子身体好一些了，老公抱着自己说，终于可以抱着你了。黄小姐笑着不说话，可老公却不做任何安全措施。黄小姐推开老公，坚持要他找来安全套。家里的避孕药现在她觉得应该不能吃，毕竟在还在哺乳期里。老公也有些生气说，都老夫老妻了，就别再乱要求了。黄小姐觉得老公也许是故意的，是不是为了下一个儿子的事情。因为婆婆睡在隔壁，孩子也刚睡着，两人也没再争执下去。

黄小姐别过脸去，看着小床上的孩子，没说一句话，自己想啊想啊，后半夜才睡着。朦朦胧胧地，看见过世的母亲站在床边对着孩子笑。

终于熬到了4个月大，黄小姐的产假也到期了，该回公司上班了。那天是周二，一早婆婆做好了早饭，自己也换好了上班穿的衣服，在餐桌边跟婆婆随便说了几句。就在拿好提包准备走出房门的那一刻，房间里的孩子哭了。婆婆把吸奶器递给黄小姐，说，没事没事，你赶紧去吧，我来我来。黄小姐就觉得自己的心里有个人在揪着她，孩子是饿了还是不舒服了，是不是要换尿布了，还是想自己抱她了？站在门口难受了一阵，才硬生生地把门关上，走出小区，黄小姐眼睛通红通红的。上班第一天，打招呼、了解工作进度，过得腾云驾雾。黄小姐给家里打了3个电话，婆婆只接了1个，听得出来，她一个人够忙的。

过了段时间，婆婆来跟她商量，想再生个二胎，说老公是家里独子，自己也一直在盼有个孙子，说得情真意切，也说老大刚生完，这才没几天，等他们小两口考虑考虑再说。黄小姐心里像是窝了个气球，不停地有人吹气进去，说不出来得憋屈难受。可念着婆婆从她怀孕到现在也很辛苦，自己的话还是没有说出口。当天晚上睡前，跟老公商量，还是请个保姆帮忙看孩子吧，婆婆年纪也大了，一个人这么辛苦实在过意不去，干脆回老家休息休息。那天晚上，黄小姐也梦见自己的妈妈了，抱着自己的孩子，牵着年幼的她，坐在一棵树下。等早上醒来，黄小姐发现自己眼睛已经肿得看不过去了。

过了几天，保姆来了，是老公同学的老家人，做事很认真、对孩子也很好，仅仅是白天过来，晚上回自己家里。再过了几天，婆婆回家去了。一来一去，屋里的人没少，但是这么小小的地方，多了一个人少了一个人总是需要再次习惯一番。慢慢地，黄小姐的失眠越来越严重了，每晚都在想着自己的妈妈，半睡半醒间，看见她抱着孩子跟自己说话，说孩子乖，说像自己，说这么多年还是放不下她这个女儿。

这么折腾着，黄小姐上班也没了精神，经常事情做到一半就停下来想想。有一次客户电话听到一半，黄小姐突然觉得好像有个人在她脑子里说，还不回去看看孩子？于是，那个客户的话一个字儿都没听进去，临了，跟对方客气了几句，就把电话挂了。下午开会的时候，小老板在会上问她，跟那个客户谈得怎么样了？黄小姐一句话也答不上来。小老板自然没什么好脸色，让她今天下班前再联系一遍，给他一个结果。

黄小姐打开抽屉，看见每天都在吃的维生素，小小的一颗，躺在蓝色的瓶子里，这会是自己的解药吗？或者，吃完就能忘了这一切？黄小姐就这么拿了一颗，放在嘴里嚼啊嚼啊，完全忘记了苦涩的味道。

快下班的时候小老板跑过来问那个客户的事情，黄小姐简单了汇报了下。小老板也没说什么，就直接去了HR的办公室。隔着落地窗，黄小姐看到小老板跟HR经理在聊什么，他们还朝落地窗外的她这边看了看。黄小姐心里掠过一丝疑虑，不过想想自己工作还是很努力的，而且自己在哺乳期，应该不会有什么问题。只是，在之后的一个多礼拜里，这种疑虑越来越多，同事们聊天，她都会觉得那些话题里会不会有她发福的身材、在会议室里渗出奶渍的上衣、偶尔走神发呆面对其他人的无动于衷。

转眼公司要开财年会议，大伙儿一起乘飞机去大理，黄小姐也在列。飞机起飞前，黄小姐坐在飞机上，心神不宁，想孩子也想妈妈，甚至想起来怀孕前的老公那些奇怪的短信。飞机准点，在跑道上滑行，速度让机舱里有少量颠簸，等开始爬升的时候，巨大的气压让黄小姐心脏很不舒服。黄小姐觉得，也许，这飞机会落下来，自己也会跟大家一起永远地离开。这个想法突然间让她觉得很轻松，没有恐惧、没有担心。

出差回来那天晚上，保姆做了黄小姐爱吃的东西，老公开了红酒，一家人高高兴兴。早上出门赶飞机前，黄小姐抱着孩子亲了下，说，妈妈上班去了。保姆笑着让孩子说再见，孩子坐在小凳子上，笑着冲她挥手。

出了小区，黄小姐上了地铁，但是她不知道该往哪里去，是去上班，还是去其他什么地方，或许，这些都不太重要。

两个星期后，黄小姐的爸爸把黄小姐从郊区派出所领回来。民警是个中年女人，很关心给黄爸爸说，产后抑郁的情况挺常见，需要家里人多关心、多说话、多陪陪。这次走失，多亏了路人的帮忙。

回到家里，保姆在、老公在、孩子也在，黄小姐哭着说，自己就是不知道怎么了，难受、难受，就是太难受……怀孕的时候，我以为是有了孩子的问题，可等孩子都生了，我还是难受，对不起啊，让你们跟孩子都不好过。

巧克力
60CM × 100CM
油画
少华 绘

巧克力

你有没有试过吃下一块儿水泥，这奇怪的味道你会喜欢吗？那些硬块一点一点在牙齿的挤压下，变成更小的颗粒，落在舌尖上，在口腔里四散而去，留下什么样的味道？面对这种奇怪的问题，大多数人的答案应该是否定的，没有人会喜欢吃一块水泥，哪怕用奶油拌着、用果冻搭着。

除了小易钟意这特殊的滋味。

一块水泥吃起来是什么样的味道？小易这样理解，如果有人爱吃巧克力，那么你吃的这块水泥就像巧克力般，可以融化在你的嘴巴里，跟可可一样说不清道不明，苦涩、厚重和甜蜜将留恋在你的想象里；有人喜欢肥肠，那么你吃的这块水泥便如那盘炒肥肠，散发着旁人嗤鼻而你欣喜若狂的气味。

小易的父母严格来说是当年的农民工，他们是这所家属院的看门人，打扫院子、更换各类海报通知、收水费送牛奶、帮忙给自行车打气、给病中的老人买午饭、配合居委会各种上门登记，等等诸如此类的事情，都会干一些。小区的工作慢慢熟悉了、生活也平稳了下来，夫妻俩也把小易从老家接了过来。小区大楼的地下停车场入口的那两间可以看到阳光的房间，当年给了小易的父母来住，也就是小易长大的地方。

这里混合了很多不同的味道，早上的时候，雾气混着草坪的味道，房间里像是小区隔壁那一片下过雨的操场；中午的时候，楼上的住家烧饭，香葱带鱼、茄子辣椒、红烧肉，偶然飘散过来的美食味道混合着街上吹来的风，弥漫过来的是一片生活的食之味；晚上的时候，各楼层开始晾衣服，没干透的衣服跟空调的出水一滴一滴落在地下室的窗户旁边，潮湿水泥的味道像温湿浴室里的舒服，进入小易的鼻腔里、融进他朦朦胧胧的记忆里。

从那个时候，小易就喜欢水泥的味道。

小区一楼家家户户为了给自己增加一个小院子，争相在一楼圈起了地盘。不同于小区盖楼使用的优质材料，住户们用了散装劣质水泥跟红色砖块来砌墙。于是，某个早年前的夏季结束后，歪歪扭扭的一圈外墙就围起了整栋楼的一楼朝阳面，灰白色的线缝夹起来的是一块一块的红色砖头。后来的夏天，爬山虎开始慢慢地遮了一半的墙，绿油油的叶子层层地盖着砖红色，到了晚上，墙角就传来蛐蛐的叫声。当年单位里的领导，说这片围墙像块创可贴，趴在一张漂亮的脸蛋上。不过看久了，那红色的一片墙跟楼下的树混在一起，倒让这个90年代的小区漫出70年代的纯真来。连楼上的退休老知识分子都会说，这围墙跟树跟我们年轻时候上学的地方很像很像。

小易在五岁的时候来到这个城市，住在这一片围墙脚下的地下室里，抬头窗外就能看到这面掩盖在层层叠叠的爬山虎下红色的砖墙。雨天的时候，水滴顺着红砖墙流下来，在墙根下汇成一条细细浅浅的水流，不断传来像下水道一样的声音。配合着滴滴答答的声音，空气中混合了树叶跟水泥受潮的温柔气味，一切的一切被水润着。他有时候会在下雨的时候，忍不住跑到墙角下，从那些灰色的缝线中，挖出一块水泥来吃。好像有种东西通过这种模式想跟他说点什么，比如说一说这堵墙，说一说这场雨。

小易挖下来的那些水泥，质地都不太硬，有一小块一小块的，拿手使劲捏都能挤得碎烂。神不知鬼不觉，第一口水泥进了他的嘴巴里。那些小块被牙齿挤压成更小的颗粒，一粒一粒地落在舌头上。而小易用自己的舌头再舔向上颚，于是那些颗粒在两片柔软的肉中滑动翻滚，水泥的味道也被小易这么带了出来。清脆的、微刺激的，甚至带些某种甜味的水泥，让小易觉得很好吃。接着，那些颗粒在他嘴里变得更细小了，像是春节吃到的豆沙包。那馅沙沙的甜甜的，混合着口水，在一番浅尝的奇妙之后被他咽了下去。

有一次，小易偷吃水泥被他父亲发现了。父亲拿着扫帚追赶小易。孩子的步子总是慢于大人，而且小易还是往地下室里跑，在一堆自行车和杂物边的死角里，父亲手里的扫帚重重地落在他的头上、身上。小易哭了，也记住了不能偷吃水泥，除非父亲看不见的这个想法。

小易家楼上同一个单位的职工们，大多都能安排孩子去各种幼儿园。等到周末从幼儿园回到小区的时候，楼下就经常可以聚上一群孩子，叽叽喳喳地跑来跑去。小易没去过任何幼儿园，也没去过这群孩子能去的公园、儿童乐园，惟一去过比较有趣的地方，就是跟妈妈去大广场了。但是小易是个好孩子，大人们喜欢他，即使在那一群孩子里，他也挺受欢迎。

小易有个追随者，是五楼住的一个女孩。快四岁的她有一对又圆又大的眼睛、一张圆圆的脸和一头很柔软的长头发。小女孩儿的爸爸妈妈都是双职工，爷爷开始跟小姑娘家住在一起。除了她的父母可以照顾这位老人，其实老人也顺便帮忙照看一下小姑娘。春节前，这位爷爷下楼取牛奶，一不小心摔倒在过道里，半个小时里没人发现，结果人就过去了。处理完丧事，小女孩家在四处找保姆，于是有那么一段时间，小姑娘父母上班的时候，小姑娘被安排在小易家里。突然间家里多了一个漂漂亮亮的小妹妹，小易还是很开心的。小姑娘有时候会想起爷爷，一个人闷闷不乐的样子。于是，小易就牵着她去墙角看虫子，牵着她去居委会领表格、牵着她去看楼上新出生的小狗。小易很开心，小姑娘也喜欢跟着这个哥哥到处跑。

有天下雨，小易带着小姑娘跑到围墙角下，看看四下无人，抠下来两小块水泥递给小姑娘，说："这个东西别人都说不好吃，可我觉得特别好吃，咱们一人一块尝尝吧。你吃小的，我吃大的。"小姑娘想也没想就吃了下去。小易盯着她问，好吃不好吃？小姑娘眨眨眼睛说："挺好吃的。"第二天，小姑娘给小易拿来一块巧克力，说，昨天你给我吃的那个灰块头，我今天给你吃我最爱吃的这个巧克力。小易问，比灰块头还好吃么？小姑娘说，你尝尝就知道了。小易吃了一块，闭上眼睛，笑着说，跟我那个一样好吃。小姑娘笑着说，是呀，很好吃，我没骗你吧。

后来，保姆找到了，小姑娘就很少来小易家了，小易会溜上楼去小姑娘家玩儿。小姑娘的爸爸妈妈挺喜欢有个小客人来，可保姆不喜欢小易。有时候，保姆从猫眼里看到小易来敲门，就故意说小姑娘睡觉了或者不在家里。不过，偶尔小姑娘还是可以牵着小易的手，去小区门口看做爆米花的小摊，或者两个人一起分吃一块巧克力。

再后来，小姑娘得了大病住进了医院，院子里各家各户都在给她捐款，说是得了白血病，治不好的。小易跟着楼上的阿姨去看过小姑娘一次。病房里人可多了，小易就牵了牵小姑娘的手，也没说什么话。临走，小易偷偷地给了小姑娘一个小包，里面是一块巧克力，几乎要快化了。

可是，有那么多捐款、那么多好医生，还有小易的巧克力，都没能救活小姑娘，她还是死了。

小易读书以后，有时候会在学校操场的围墙上，扣下一块水泥尝尝，但是味道却不一样，不像家里围墙上的水泥，有一股淡淡的巧克力味道。

百乐门
60CM × 100CM
油画
少华 绘

百乐门

百乐门是个酒店的名字，名字是欧先生起的。安安静静的高档住宿，被欧先生起的这个名字勾出了似是当年歌舞升平的无尽欲望。当然住客们自己怎么来解决各自的欲望，跟百乐门酒店就没有关系了。

几年前，百乐门酒店对外挂牌是五星，算是这个城市里首屈一指的高级酒店。酒店位于城郊，开业的那两年，入住率还不算高，只有三到四成，后来，慢慢人气好了起来，行政套房经常被客人长期包下来，婚庆公司一波一波地来订那几个挂着好几万水晶吊灯的大小宴会厅。出入的人里有来参加活动的小明星、到访当地的名人，更多的是商人跟管商人的人。这几年，迫于形势，欧先生把酒店的对外挂牌降低了一个档次，改成四星，价格不变、服务不变，设施甚至更好了，生意倒也没有太大起伏，平平稳稳的。

欧先生打拼多年，从在老家开酒吧、KTV 做到今天来到这个城市开酒店，形形色色的人、各种台上台下的事情见得越来越多，三教九流的关系也处理得越来越漂亮，自己也就变得更加温和了。圆脸圆身子，老是一副笑脸，有次大年初五，欧先生被总经理跟一众管理团队忽悠，亲自扮了财神在大堂里做活动。合影的宾客也都以为是酒店请来的临时演员，又是握手又是拥抱。大家都挺喜欢这个版本的财神，因为这个形象有点像财神，有点像弥勒佛。

欧先生不好色、不好赌，没有什么特别的运动休闲娱乐爱好，独好吃。

酒店的行政总厨是他高薪挖过来的，还送了套房子，做出的菜式也是规规矩矩的准五星酒店美食，特别擅长做粤菜，当年甚至有美食评论人来指名道姓要吃他做的菜。但后来因为跟欧先生对美食的做法有不同观点，二话没说，欧先生就炒了人家。按照财务经理的说法：不但按照 N+1 赔了对方几年工资，那套送出去的房子也没问人家要，算一算他对美食的理解成本也太高了。

每个月欧先生都有那么几天会来酒店吃晚饭，而且会提前把自己带来的新鲜材料交给厨房去做。当然做法他也会跟总厨聊一聊，甚至跑到厨房里边聊边动手，然后一个人低调地坐在中餐厅里，伴着这些新菜一起慢条斯理吃上个把钟头。如果新的菜式被欧先生认可了，他一定会请一堆朋友来聚餐一次，如果有一半人喜欢这些菜式，那么这道菜就会保留下来。而这种饕餮聚会，一般都有美女跟文人凑热闹。欧先生单身，不用照顾到太太，所以，聚会上他也同各种美食一样，变成女食客们的关注点。

聚餐的时候，一道菜一道菜地上，碰到重要的菜总厨会出来亲自介绍一番，从原料到制作方法到呈现的口感跟今天制作出现的问题，一一和欧先生及众食客详细说明。有时候，欧先生到早了，会亲自下厨做上一道菜，甚至会用自己的方法把几道晚宴的菜做上一次，有时候口感、颜色、装盘差不多，有时候却差异很大。比如，欧先生会拿鲁菜的做法翻新个川菜，把西餐的方法用在粤菜上，有时候聊得开心了，也会兴致勃勃地大晚上带着一帮男女食客跑进厨房里，切切炖炖、大火小炒地一起再做上几道。

欧先生的局远近闻名，有时候朋友、熟人都会主动要求参加，因为不仅吃的东西很好，而且局也很有趣。

有几次欧先生请了有名的高僧，烧了一桌素食。事先给来的美女都解释了着装不能太暴露，当天的局从《金刚经》聊到罗马帝国，从因果轮回说到养生太极，高僧娓娓道来，细嚼慢咽，大伙吃得很虔诚，欧先生笑眯眯地听着。事后，欧先生成了几笔大小不同的生意。很久之后，还是有参与这几个局的朋友说，那次吃饭收获很大，看待人生的态度都不一样了。

有人爱吃辣、有人爱吃酸、有人从小吃着海鲜长大，所以，这每个局上的菜谱，欧先生都要事先跟总厨讨论一番。有时候会特意为了一个吃饭的人，创造几个新菜出来。常来吃饭的女人都开玩笑说，欧先生吃饭的时候，眼睛要么在食物上，要么在女孩子的胸上。美食、美女，这让欧先生的局蒙上了一层特别的意味。

有一次，来的一位女食客问欧先生，自己在欧先生眼里，算是什么食物？欧先生笑着说，对方是豆腐，美丽大方、温柔贤淑，看似普通但很有内涵。那晚，大家在欧先生的要求下，也都互相评价，至于欧先生，有人说他是鸡汤面，有人说他是鲍鱼，唯独有个女食客V小姐没有说。

V小姐第一次来欧先生的局是跟朋友一起来赴约。那个朋友也是欧先生一个生意伙伴，当时，那个生意伙伴还在痴迷地追求着V小姐。按照V小姐的情商，还没完全答应追求者，只是想先了解下他的为人处世。

V小姐家里是做生意的，家里有三个孩子，一个姐姐去美国读到博士，一个弟弟学舞蹈，算上来，都没有走经商的路子。当年V小姐大学毕业后在英国待过一年时间，后来回国自己创业开了家公司。开始的客户都是从父亲的老朋友那边来的，慢慢生意上了正轨，自己的客户也多了起来。按照欧先生的评价，V小姐属于食材里的豆腐，这让V小姐对欧先生留下了比较深刻的印象。

1个月后，V小姐安排外地到访的朋友住在这个酒店里。本来没想联系欧先生，凑巧那天欧先生拎着刚从海鲜市场上买来新鲜的材料，俩人在酒店停车场碰上了。V小姐主动打了招呼，欧先生没反应过来。V小姐开玩笑地介绍自己是一块儿豆腐，欧先生这才想起来，连连道歉，并邀请V小姐跟她的朋友晚上一起在中餐厅用餐。

晚餐没什么特别的，但是材料很新鲜、味道很清淡，两个女人跟一个男人的局，居然聊得很开心。大多数话题都围绕欧先生，当然每每被两个女人问到自己的个人问题，欧先生都会转到食物上。不过，转得很巧妙，两个女生既得到了自己想要的答案，也乐意听听欧先生说说吃的喝的。

V小姐后来还是拒绝了那位做生意的追求者，反而自己赴了几次欧先生的饭局。一来二去，两人也就熟了起来。欧先生尝到什么好吃的，也会单独约V小姐试吃一番，听听她的评价。

有一次，两人在局上被迫喝了挺多酒。散了的时候，V小姐在欧先生身后等着他发话。V小姐脸色微红，披着头发站在夜色里，轻轻松松又妩媚的样子很是好看。欧先生让自己的司机开车，顺便先送她。开车门的时候，V小姐特意说自己要坐在副驾驶上，结果等欧先生坐在后面，自己又跑过来坐在欧先生旁边。一路上，V小姐拉着欧先生的手，靠在他肩膀上，心里想着这欧先生怎么还不表示表示。

司机问V小姐家住哪里？V小姐闭着眼睛靠着欧先生的肩膀沉默不语，一副睡着的样子。欧先生想了想，索性让司机把车开回酒店，开了间套房给了 V 小姐，还找了值班的女客房经理送 V 小姐去房间，还嘱咐一定要好好照顾。等欧先生安排妥当，值班经理跟女服务员都离开之后，V 小姐一个人在房间里，思来想去懊恼烦躁得不行。

事业有成、待人接物舒服，加上欧先生慈眉善目胖胖的外形，算上 V 小姐，其实主动向欧先生表示好感的女人，有很多。年轻的女人、外形满分的女人、离过婚的女人、女老师、女老板，对这个低调亲切，时而儒雅、时而热情的欧先生都钟爱有加。只是，没见过欧先生对哪个女人特别过。倒是局上女人们的传言一直在传着：欧先生吃饭的时候，眼睛要么在食物上，要么在女孩子的胸上。

那天晚上，欧先生回到家，倒了杯红酒，坐在客厅喝着喝着就跑去卧室，翻出来一瓶进口伟哥，吃了一片就跑进书房里。打开笔记本电脑，点击了一部视频，那些活色生香的男女画面就动了起来，而欧先生却一点反应也没有，看了一部又一部，直到一点钟，关了电脑回房沉沉地睡了过去。

百乐门酒店的中餐厅包房，依然每月有那么一两天宾客满棚，美丽的女人、有趣的男人，跟微笑的欧先生一起，吃着精致的菜、说着段子、喝着酒水软饮。每年，依然会有几个不同的 V 小姐向他表示好感或者直接投怀送抱，但到头来都没有什么结果。

欧先生继续爱好美食、餐桌下面依然会穿着那个段子：欧先生吃饭的时候，眼睛要么在食物上，要么在女孩子的胸上。

天坑
90CM × 150C
油画
少华 绘

天坑

周三下午五点，正是晚高峰堵车的时候。或者说，这个城市里周一到周五的下午这个时候，都在堵车。

从四点半开始，高架的入口就开始排起长龙；大大小小的主干道、非主干道上，不安分的车主们不间断地按着喇叭，见缝插针的电瓶车在车流中穿梭。车载的交通广播报告着拥堵的区域、道路，听上去似乎整个城市都得了动脉硬化。一排一排的小汽车、面包车、中巴车、大巴车像是黏稠的血液，在动脉硬化的淤塞血管里一点一点流淌，令人着急。

阿华前天把车送去了4S店里做保养，今天店里来电话说已经好了，让他去提车。白天各种忙忙碌碌，没时间去，等事情全部办完了，阿华才打了出租从市区往4S店里走，下午五点多的时候，被堵在了路上。他问司机能不能先下车，因为动弹不得。司机嘟囔了几句，阿华多给了司机十块钱，开了车门走到路边，拦了辆摩的，继续往4S店里赶。

一米八的身高、剑眉大眼、挺拔的鼻梁、经常打篮球、性格开朗，而且没有一般富二代的眼高手低，这让阿华成了大家眼中的优质结婚男。阿华自己倒对这些满不在乎，在全家都经商的氛围下，阿华从开奶茶店做起，直到现在经营着两家中档餐厅，装修特别、菜品味道好、回头客众多，生意很不错，还有很多外地的朋友想跟阿华一起合伙在周边的城市开拓市场。27岁家里就开始张罗介绍各种女朋友，刚开始的时候，阿华还经常去见见，后来也懒得见了，直到碰到现任的女朋友小珍。

摩的在拥堵的汽车群里穿来穿去，堵得动弹不得的烦躁似乎跟它没什么关系。前排的摩的司机熟练地在非机动车道里穿梭。

晚高峰的人跟早高峰的人差异很大，早上的行人们虽然睡眼惺忪，但是必胜的目的性很明确，即使大家一起堵着，行人都能灵活地突破各种缺口，瞬间就能消失在任何一个路口；非机动车在人群里、在车流里，快速地穿梭着，像是热带斗鱼们撕咬之后的一个回头，猛然间的折返几乎能在小小的水池里划出一道裂缝尤其是那些摩托、电瓶车和骑车自行车的年轻学生。而汽车们也各行其道地堵在红绿灯或者任何一个车流大的地方，违规乱插缝的汽车倒不多。

而晚高峰里，行人们像急红眼的动物，带着一股杀气在四处逃窜。非机动的摩托像是带着武器的导弹，冷不防地从你身边经过，留下一股带起的风。而最没有理智的就是各种凶恶的私家车和杀手一样的出租车，一起堵在每个路口。疯狂的公共汽车和大巴们则像是水池里一个又一个塞子，让水泄不通变得更加严严实实。

大雨就在这时候下了起来，开始是星星点点，马路上长出了很多深灰色的斑点，越来越多，直到地面变成了一面镜子，反照着建筑的棱角、车灯和急速而过撑起伞的人影。世界像舞台剧的布景一样在快速的转换着，从明亮到阴郁，从白天到夜晚。

司机带着大头盔坐在前排，操纵着神气活现的摩托车，也帮阿华挡了多数的雨滴，拥堵对于他们似乎一点脾气也没有。在一个红绿灯的时候，司机为了省时间，把车开上了人行道，阿华在后排的跌跌撞撞之中凑巧看到了摔在地上的一位老先生。他的身体像是折叠了一半的水果刀，脸朝着街道的另一半。灰白的头发被雨水淋湿了，那一点点的白色泛着水光，从某个角度看过去，那白色像是掉在地上的一个气球。

顺着摩托车的前进方向，路口不远的超市门口，有人在卖雨伞，雨也越来越大。阿华想也没想就让摩的司机停了下来，给了司机路费，还多付了20块，让司机帮忙去超市门口买把稍微大一点的雨伞，他自己则蹲在摔倒的老先生旁边照看着他。

老先生原本是要去坐公交车，在这里摔倒了快十分钟，来来往往的众多行人没有一个人驻足停留。碰巧附近也没有什么类似交警的公职人员，人们行色匆匆，似乎这里倒下的人已经变成了人行道上的一块砖、路边的一个垃圾桶，在这个大雨的黄昏，不值得被关注。

阿华趴下来，问老先生怎么样了？老先生咕咚咕咚地说不清楚。雨越来越大，阿华把自己身上的衬衣撩起来，努力地为老先生挡一挡雨，并拿出手机拨了 120 急救电话。

过了一会儿，穿着雨披的摩的司机把新买的伞拿过来给阿华，问了问得知倒地的是一位陌生人，决定自己离开这里再去其他地方拉点活儿。阿华举着伞，在雨里等了足足半个小时，120 救护车才从一排不情不愿密密麻麻的汽车堆里开了过来。

阿华帮老先生举伞、参与救援的这一幕也被人用手机记录了下来，几天后在微博和微信朋友圈里被疯狂地转载和点赞。媒体将这段视频冠名为“明星哥雨中助人”。

各种电视台、网络媒体记者后来涌向阿华的餐厅。问及到助人为乐的想法，阿华只简单地说：“看到老人在雨里倒了下来，什么也没想就过去帮忙看看。”问问有什么希望对观众说的，阿华说：“希望大家多助人，有空顺便来自己的餐厅吃饭。”这下，餐厅的生意更好了，中午、晚上排队的人比以前还要多，连晚餐时间都能翻三到四台，位置很难订得到。

小珍有时会来帮帮忙，帮店里收收钱、给比较重要的食客安排下座位。两个人虽然忙碌得没时间二人世界卿卿我我，可小珍却觉得很幸福。只是有时候，小珍觉得阿华有点跟其他人不太一样。比如，阿华从来不给小珍发文字类的微信或者短信，手机通讯录里的名字要么是数字要么是拼音字母；阿华自己有套账本，但除了他自己几乎没人看得明白，星星圈圈正方形等等各种记号和数字，一行一行写得像外星文字。

大年二十六，小珍在网上选了三副春联，自己家一副、阿华家一副、店门口一副，发短信给阿华让他找个写春联的地方写好。阿华帮小珍忙完店里的事情，开着车出门找卖春联的地方，折腾了很久终于带回来三副春联。小珍把春联一一展开，铺在大堂的桌子上，伙计们都围了上来。

有个厨房的老阿姨问阿华：“说这春联上写的啥？”

阿华说：“你不会自己看啊？”

老阿姨说：“我不识字啊。”

阿华生气地说：“不识字还问什么问啊。”

老阿姨尴尬地笑了笑说，就是不认识才请教你嘛。

小珍平时觉得阿华对伙计们都挺好的，但是他这么说阿姨有点不好，就冲着阿华说，人家不认识字，才请教你啊，还不帮人家念念？阿华红着脸说，累死了，我刚回来，要去休息下。就一个人跑到餐厅二楼，钻进包间里喝茶去了。

小珍招呼着伙计，忍着没发火儿，贴完了店门口那副最大的春联，卷好另外两副小的春联走上二楼。烟雾缭绕的二楼包间里，阿华一个人坐着。小珍沉默了很久问了阿华一句，你说句实话，你是不是不识字？阿华低着头，啥也不说。小珍气得掉头就走。

阿华还没主动去找小珍，心里堵着扇窗户，自己不愿意打开，而小珍打给阿华的电话也是拨了又挂。连小珍的父母都说，男孩子有时候急起来说点重话也是常有的事，可是阿华能那么帮路边不认识的阿伯，证明他心底还是很善良的。小珍还是觉得自己是女孩儿，再怎么样，阿华也得先低头。

大年二十九，阿华开着车准备到火车站去接从外地回来的表弟。一路上车很多，过 CBD 的时候，车子堵在立交桥下，一路堵过来，时间比预估的多花了半个小时。阿华低头看看手机的时间，似乎离表弟的那个车次只剩下一刻钟了，就想开车从车流队伍的侧面绕上去。刚打了左转还没加油，突然间，他感觉眼前一片黑，车子颠簸得非常厉害。巨大的声响在周围响了起来，阿华的头也撞到方向盘上，流出血来，没有系安全带的自己在从座椅上滚了下来，一块黑影从左侧砸了上来。过了好一阵，阿华才清醒过来，四周一片漆黑，隐隐感觉车前一片黑，只有左侧车门的窗户上隐隐有些光。不知道哪里来的水喷在已经开裂的车前玻璃上，车里也有很多水迹。

原来，这里的路面塌陷，阿华掉进了一个突然间产生的巨大的坑里，整个车子右翻立在这个坑里。周围是爆裂的水管，冰冷的水从被车子砸坏的管道里喷射出来。坑里到处是水声，顺着被打碎的车窗玻璃，连车里也被进灌了很多水。阿华的头流着血，腿卡在座位上越来越疼，似乎有骨折的迹象。身体的一半泡在冰冷的水里，那水也越来越多，发出巨大的声音，喷射着。

消防车、救护车、交警、记者闻讯赶来。经过1个多小时，阿华被消防员跟医生从车里拖了出来。两个护士扶着他来到救护车上，处理了头上跟腿上的外伤，脱掉已经湿透的衣服，擦干了身体，盖上一床被子。阿华觉得有点头晕，护士让他闭上眼睛，帮他处理头上的伤口。记者在救护车门口插空问他刚刚的情况，阿华摆了摆手，什么都说不出来。

到了晚上，小珍才从阿华父母那里得这了情况，急得哭了出来，匆忙赶去医院。

病房里，小珍坐在床边握着阿华的手，看着头上包着纱布的这个男人，心里难受极了。

阿华说：“我掉进去的时候，感觉天都没了。”

小珍说：“好了，你在医院了，我们陪你。”

阿华说：“我觉得有好多字从头顶砸了下来。”

小珍说：“没事没事，我陪着你，再不跟你吵了。”

阿华说：“小时候，我看书看不进去，好多字看起来特别费劲。小学读到三年级就不去了，就待在家里看电视。开始那会儿家里还请过家教，后来大一点就没请了。11 岁我就开始帮家里的店铺做事了。碰到字就猜，有些能认得，有些认不得，挺影响生活的。我真不怎么识字，你还会跟我？”

小珍说：“我教你，我教你认字。”

血管
50CM × 80CM
油画
少华 绘

血 管

昨天下午在单位开会的时候，章先生坐在椅子上有点冷。但是他觉得没什么，他认为自己可能前一晚出差在外睡得过晚，没怎么休息好，加上睡觉忘记关空调，真的着凉了。今天整整一天在公司忙忙碌碌，一直有些犯困，章先生灌了三杯咖啡、开了四个没有什么结论的会，继续加班到晚上八点钟，空着肚子开车回家。

章先生在小区门口的便利店买了份快餐，吃了一半就没了胃口，趴在床上迷迷糊糊地睡着了。渐渐地越睡越冷，他全身开始酸疼，连躺着都觉得身体里的器官被自己的体重压得难受，无法呼吸。他起身到客厅找了找感冒药，但一无所获，抱着一杯热水斗争了半天，最终还是决定去一趟医院。章先生觉得自己的身体已经不适合开车了，打开手机里的叫车软件，但那冷漠的软件却无故一直在升级。或许是手机的系统故障，拿它没有任何办法，只得自己出门来到小区路边打车。章先生觉得套了件运动衫在身上是明智的，10 月的晚上，还是有点凉的。

从早上到现在城市都被一片霾罩着，月亮有点不太清楚，路灯看上去非常刺眼，加上周围大楼的灯光，晕成一片一片朦胧的光斑，像一锅馄饨，泛着油光、冒着热气。章先生站在十字路口，过往的私家车很多，都打着远光灯，横行而过。偶尔有电瓶车飞驰而过，直直地贴着汽车，一边按着令人烦躁的喇叭一边加速超越。四个方向过来的出租车都不太多，偶尔几部疾驶而过的都载着人，或者挂着停运的标示。章先生缩了缩自己的身子，一阵一阵地发寒和难受，让他不得不扶着路边的电线杆。

以往这个时候附近遛狗的人很多，今天倒不多，两只流浪狗结伴而行，穿过马路拐个弯就看不到踪影了。等了很久，好不容易打到一辆车，章先生上车低着声告诉了司机要去的医院。司机看出了他的不舒服，推荐了另一个比较近的。

章先生来这个大城市快八年了，父母家在邻市，周末会带着妻子回自己父母家。四年前经家人介绍，与现任太太结婚。婚后一切顺利，生活平淡。三年前岳父病逝，妻子消沉了一段时间；两年前有了孩子，妻子一个人照顾不过来，章先生跟妻子商量，让自己父母从邻市搬过来一起住，顺便帮忙照顾着这个小家。妻子善解人意，跟自己的父母相处得很愉快。一年前，章先生有了外遇，最终跟妻子离婚，孩子判给了妻子，父母也宣称要跟他断绝关系回到了邻市。自己一个人仍住在那个小区，而外遇的女人也跟他分道扬镳。

出租车行驶了一段时间，在十字路口碰到红灯，一个急刹车停在人行道上。这里是个大路口，要等一分半钟。章先生坐在副驾驶上，发冷让他裹紧了运动衫，整个人缩成一团，背有些酸痛，大腿和膝盖就像健身后的恢复期。肠胃、心脏好像被某个东西用一根一根的线揪着。说不上疼，但就是揪着，随时有被那个东西毁掉的可能。

车里很安静，出租司机没有开广播，章先生觉得自己能听到什么声音，像打开的水管在流淌的声音。这时，他的手机响了起来。章先生看了一眼，是客户的来电，他知道会是什么事情和什么问题，只是此刻他实在不太想接，便按了静音，不去理会。此时，还有10秒钟红灯就将变色，章先生像自己开车一样，握了握自己的手。

可是，无力让两个手掌感觉到的仅仅是酸软和冰冷。灯红酒绿在两排等待红灯的队伍四周上演着，在最后5秒的时候，一个老人牵着条小狗快速走过。那狗边走边看，仿佛路上的车子都是食物。在最后一秒的时候，老人终于走上了对面人行道的台阶，而那狗却不知为何掉头跑去。出租车和其他车加速驶离的时候，很幸运地没有碰到那只狗，章先生看着狗一蹦一跳地朝着相反的方向跑去，老人在路的这一头挥舞着双手。

过了红绿灯路口再往下大概两条街，就是要去的医院。巨大的招牌在住院部高楼的顶层，医院的“医”字外框已经不亮了，其他的字体发着红光，在夜的深霾中鬼魅般地亮着。

急诊大厅里人很多，灯出奇得亮，似乎要努力看清待在这里的每张脸。不时会有人被推过来推过去，有儿女陪伴的白发老人，小小的身体安静地躺着；有工友陪伴的建筑工人，血淋淋的一条腿配着毫无血色遍布胡茬的脸；也有躺在担架上包着纱布输着液的孩子，加上排队的人、问询的人，似乎在表达急诊室和这里繁忙紧凑的节奏。

章先生挂完号，在内科的诊疗室门口坐着，等在三四个病人之后。磨光的塑胶椅留着刚刚离开的那个人的余温，头顶的内嵌式白炽灯有一个灯管一直在闪，暗暗地闪，跟秒针的滴滴答答同步，似乎在记录着这里发生的一切。

诊室所在的区域比急诊大厅稍微安静一些，时不时有人走过。章先生坐在椅子上，似乎又听到了身体里的水管在流。刚刚察觉的时候，像是水压不足的时候，小小的一股水从老旧的银色龙头里流出来，无声无息地落入水池，旋转着进入了黑色的下水道。

诊疗室的门开了，走出来一个年轻的姑娘，面无血色的样子。章先生凳子旁边的人起身了一位，走了进去。从诊疗室飘出来刺鼻的味道，章先生咳嗽着，感觉身体里的所有器官都在剧烈地翻滚，那根水龙头像是水压过高，在一阵咳嗽中，喷射出巨大的气体和溅出水花的巨大水流。章先生似乎可以听到水流穿过金属管道一泻而出的声音。

一年前，章先生出差路上认识了那个长发的女人，鞋跟很高，腰很细，说话声音很轻但是很有韵味。动车的行程把时间拉得很长，又是邻座，一来二去，章先生就跟她熟了起来。目的地相同，而且都是出差，于是，第二天两人在工作后相约见面，当晚章先生带长发的女人回到自己的酒店。再后来，他们在这个城市经常见面，有一次，甚至碰到了章先生的同学。章先生大方地介绍说这是自己的客户，完全不理会同学心领神会的眼睛。终于，他们的事情被妻子知道了。章先生选择了逃避这一切，完全不理会妻子的吵闹，甚至搬出去了一段时间，两人最终走到了离婚的地步。

等了一会儿，轮到章先生进入诊疗室。一张白色的木质办公桌上摆着黑色电脑，医生就坐在电脑前，戴着口罩还在写着什么。房间后部被一个蓝色的布帘挡着，灯光在布帘上落下一排排笔直的影子。墙角有一个洗手池，水龙头闪闪发亮。戴着口罩的医生抬头看了一眼章先生，两人聊了聊病情，医生做了包括量体温在内的简单检查，便开出了验血、胸透等其他检查项目。

握着病历卡和收费单，章先生起身离开，诊疗室的灯光比走廊暗，开门的瞬间他眨了眨眼睛，努力让自己适应。收费处排队人挺多，章先生前面是一个十几岁的孩子，宽大的衣服跟亮色的帽子，一直在用耳机讲着电话。交完费，章先生走去验血的地方，顺着不起眼的指示牌，来到大厅角落的楼梯。那指示牌说是在二楼，于是章先生只得拖着沉重的身体往前走。刚走一步，他就觉得晕沉疼痛加重，扶着栏杆站了一会儿，才撑着走了上去。

二楼所有的门都关着，长长的走廊上，只有两三盏灯亮着，绿色的紧急通道在某扇门前幽幽地亮着。正当章先生准备寻找验血室的时候，背后传来一个人的声音："你干什么？"章先生吓出一身冷汗，回头望去，是一个穿着工作服的中年男人。章先生觉得似乎有人捂着他的嘴，水龙头从身体内被猛地打开，红色的血液从流了出来，身体不由自主地失去了平衡，双脚无力的章先生倒在了地上。

等章先生醒来的时候，自己躺在一个房间里，有点像刚刚那个内科的诊疗室，身上盖着一个白色的被子。屋子角落也有一个洗手池，水龙头也在闪闪发亮。章先生走出房间，发现这是刚刚自己看病的诊疗室旁边的一个房间。走廊一边走来一个人，向章先生打着招呼，说："刚不好意思，吓到您了。"原来他就是刚才二楼碰到的那个工作人员，章先生在现场昏了过去，他扶着章先生回到一楼，通过各种单据找到了刚刚门诊的医生。经过检查并无大碍，他就把章先生扶到这个一楼旁边的房间里。中年工作人员解释说，验血、胸透其实都在一楼，指示牌的问题导致很多病人会走错，然后便带着章先生一起前往验血的地方。

一番检查和结果等待，章先生带着单据回到了诊疗室。医生仔细核对后，得出了急性肺炎的病症结果，并开出了一堆口服西药和吊针，今晚就开始输液，要挂两大瓶。

输液室很大，设置了不少供病人坐着输液的位置，今天晚上几乎坐满了病人。护士小姐给章先生指了一个靠窗的空位，便去做准备。章先生的左边是一对夫妻，输液的是一个年轻的女人，顶着一头淡蓝色的短发，一个戴耳环的男人坐在她的旁边，一只手拿着手机在看，另一只手握着那蓝色短发女人的手。章先生看着一滴一滴的透明液体从细细的管子里流进她的身体，蓝色头发的女人安安静静地靠着椅背，闭着眼睛睡着的样子。

蓝色短发女人的对面是一个胖胖的男孩子，穿着绿色的中学校服。陪他的是个目光紧锁的小个子中年女人，应该是他的妈妈。这个严肃的女人在翻看手里的一本杂志，时不时转过头看看正在输液的孩子。

过了好一会儿，护士带着准备好的东西走了过来，消毒、扎针，一切很顺利，章先生坐在自己的椅子上，昏昏沉沉的。闭上眼睛，章先生感觉到一股液体正在进入自己的身体，好像有人打开了无数的水龙头，变换着颜色。比如旁边那个淡蓝色短发女人，章先生觉得正在进入她身体的是蓝色的，而旁边那个中学生的液体，则是绿色的。章先生想象自己在输的，是什么颜色。坐了好一会，液体也流进去了几十毫升，心跳似乎快了起来。虽然仍然没有什么力气，但章先生觉得他正在输入的应该是红色的液体，跟血一样的颜色慢慢地从手上的血管进入到自己的身体里，和红色浓稠的血液一起，在自己的体内流动着，最终，变成了其中的一部分。

而那些记忆、不适，将随着水龙头的开关，慢慢地离开自己的身体。章先生觉得自己可以很快就恢复成原先的那个男人，抽着烟，走在大街上，像很多三十多岁的男人一样，过着简单的日子，牵着孩子的手，太太跟在自己的身边。

猫
60CM × 100CM
油画
少华 绘

猫

凌晨两点的时候，陆先生从梦中醒来，看了看手机的时间就再也睡不着了。黑暗中，他感觉到身旁的妻子还在熟睡，猫一样的呼吸轻轻在黑暗中进行着。陆先生没有开灯，找到了自己的拖鞋，悄悄地走出卧室。

马路上的出租车在雨中驶过，车轮和湿漉漉地面的高速摩擦声音传到了陆先生的耳朵里。隔着窗户，他看着一条安静、暖暖的马路在窗外不远处沉默地躺着，像一条绳子，捆绑着这个沉睡的城市，把白天的喧闹都束缚了起来。而自己如同那一辆出租车，在沉睡中挣扎着，却无济于事。

客厅的灯光亮得刺眼，陆先生在一片明亮中有点眩晕，顺手关了灯结束了这一场与光明的战争。冰箱里还有点剩下的熟食和啤酒，陆先生从厨房走出来，坐在客厅的沙发上，顺手打开了电视放在静音状态上。体育频道有一场白天的球赛在重播，晃来晃去的两个队，比分在一比零徘徊。陆先生喝了一口啤酒，咽了嚼了几口的香肠，不断地换着频道。

刚刚的梦里，陆先生走在下班的路上，四周一片黑暗，他不得不沿着人行道的路沿缓慢前进。偶尔有奔驰而过的汽车，远光灯穿过浓雾，呼啸而过。不知什么时候，陆先生看到一只猫从他的身后走到他的前面。那猫走得不快，不时地回一下头，安安静静地、慢慢地消失在前面的浓雾之中。

或许是啤酒的缘故，渐渐地睡意袭来，陆先生有点欣慰，把几乎近底的啤酒一口喝完，回到卧室。妻子还在睡觉，也许是陆先生的动作被她感觉到了，妻子翻了个身，刚好空出陆先生那一半的位置。过了一会，陆先生终于如愿以偿地再次睡着了，那只猫似乎在黑暗中慢慢地走着，越来越远，越来越远。

等陆先生再醒来，已经中午 11 点了。窗外阴沉着，妻子应该一早就赶去音乐厅彩排了，在冰箱上留下一张音乐会入场券。昨天晚上妻子准备完服装，打包小提琴的时候，问陆先生，要不要准备要个孩子？她觉得现在时间刚好，他们也过了几年平和舒服的二人世界时间，陆先生记得弯腰吻了吻妻子。她还说过，晚上有个重要的演出，陆先生可以来看看，有几个知名的乐手参与，应该很棒。

陆先生下午出门踢了一场球，状态还不错，或许是昨晚的一瓶啤酒，休息得很好，他进了 1 个球。带着运动后的舒服，跟队友去球场旁边的餐厅吃了点东西，准备回家换个衣服。

晚上六点的时候，陆先生已经坐在车里，手机短信收到了一条天气预报，说晚上会有大雾，能见度小于 500 米，沿江地区有可能能见度小于 200 米。想想妻子演出的音乐厅在开发区，那里正好在江边，陆先生不禁有点担心。

晚上六点三刻，陆先生停好车，准时走进了音乐厅第二十一排三十四号座位。陆先生在座位上按照习惯，给妻子发了个消息，而不是打电话给她。因为他知道即便打了电话，妻子在演出前也不会接电话的。这是她的习惯，百分百投入酝酿情绪准备演出是为了完美的表现。

七点整，音乐会正式开始。知名指挥家来自欧洲，节目单上有他的介绍。同时，还有很多国内国外知名的乐手，整体水准非常高，但是缺乏令人期待的激情，中规中矩地像五星酒店里的甜品，材质很好但是吃不出惊艳。当然这些陆先生没有任何感觉，踢球后的放松，甚至让他在某一段里睡着了。

一片热烈的掌声中，演出结束了，观众们都站了起来。陆先生向舞台挥手，妻子也向着他的座位挥手致意。指挥走下台与所有乐手一一握手拥抱，妻子很激动的样子，在舞台上笑着。原本计划演出后，在市区的酒店里有一场招待酒会，乐团安排了巴士带所有乐手一起前往。陆先生走出音乐厅的时候，看到那场大雾已经来了，决定自己亲自送妻子去酒会现场，这样或许更加安全。

妻子同意了陆先生的提议，提着琴盒上了车。观众们的车子从停车场鱼贯而出，此刻的停车场稍显拥挤，那辆拉着乐团的大巴在远远的前面，慢慢地驶离。浓雾让不到三十米高的音乐厅上半部分消失了，顺着建筑外立面景观灯，雾气变成一个巨大的罩子，包围着整个音乐厅。陆先生开着车子，随着车流离开了停车场。开出了不到一刻钟，妻子发现把手机忘记在了化妆间里，陆先生只得载着她回去。

雾越来越浓，音乐厅的巨大海报变成一片淡淡的白色光斑，路灯和黄色钠灯的影子从刺眼变成一个个暖暖的圆点，人群、汽车和大巴都消失不见，似乎刚刚什么也没有发生过，周围一片寂静。

等妻子找到东西回到车上的时候，已经过去了快二十分钟的时间，陆先生不得不在浓雾中加快了车速。妻子在副驾驶座位上，打了一个电话给乐团的朋友，挂了电话笑着说，她自己今天觉得自己很棒，而且随着表演的继续，也越来越兴奋。陆先生边开车边问，是因为那个指挥吗？妻子笑着说，是啊。陆先生说，今晚别跟指挥跑了，记得跟我回家。妻子笑着说，那你要好好爱我，今晚我们要抱抱。陆先生笑了，他明白这是什么意思。

车子顺着高架下沿路急驰，巨大的立柱被浓雾掩盖得像柔软而巨大的泡沫,泛着隐隐的泡沫一样的淡淡微光。开发区地广人稀，高大的建筑此时已经关闭了景观灯，消失在路边，只留下一个又一个巨大的黑影。路边的景观绿化带上，披着彩灯的树像一颗一颗珍珠，带着红色、蓝色、白色的珠光。不时地，隔离带对面会驶来一两辆汽车，打着远光灯驶过。

妻子手舞足蹈地讲着下午那位著名指挥的各种彩排小细节，自己笑个不停。陆先生想加速，但看着前方的浓雾还是把车子保持在了八十码的速度上。

这时候，妻子突然大叫一声，小心猫。陆先生才发现一只正在过马路的猫，从路边亮着广告牌的巴士站台边走向对面的隔离带。陆先生本能地打了左转，想避开那只猫。可是路面非常湿滑，车子急转了一个弯后侧翻起来儿，向前冲去，直到在地面上擦了十多米掉了个头，靠着隔离带停了下来。

几分钟后,陆先生醒来才明白发生了什么,费力地解开安全带，带着肩膀的疼痛，走出汽车。车前窗的玻璃碎了一个大洞，妻子躺在离车子不远的路中间，一动不动。陆先生跑过去，帮妻子翻了个身，看见她满脸鲜血微微地喘着气。陆先生跪在地上，喊着救命。

没有一辆车子经过,陆先生反应过来还是要赶紧联系救护车，摸了摸口袋里的手机，颤抖着拨打120联系救护车。接线员问，你在哪里？陆先生说，我们在开发区。接线员说，你能说出大概位置吗？陆先生忍着疼痛，打开手机地图找到大概的地点，喘着气告诉给接线员，哀求救护车快点来。

浓雾带来的模糊不清包围在那辆侧翻的车边，室外的温度比车里低一些，陆先生坐在马路中间，把妻子的头放在自己的弯曲的左腿上，右腿的伤隐隐地疼着。妻子的气息越来越弱，陆先生握着她的手，说，再撑一会，一会儿车就到了。开始的时候，妻子还能发出哼哼的声音，再后来，几乎没有任何声音。对面终于有辆车停了下来，一个男人从车上走下来，穿过隔离带来到他们身边。这时候，救护车也来了。

等到了医院，妻子已经死了，陆先生的胳膊右腿被医生打了钢钉，三个小时以后，骨折处理包扎结束。

岳母和岳父无法面对陆先生，刚开始的时候，看到陆先生没有一句话。白天的时候周围的亲友可以陪着他，可是到了晚上，陆先生没办法在那个他和妻子共同的家里待下去，在酒店住了三天以后，搬回了自己父母的家里。在葬礼上，陆先生麻木地没有掉一滴眼泪，即使和他相对而视，也觉得他的视线看着某一个远远的地方。

陆先生的钱包里，放着那晚的入场券，在角落的地方，妻子用很好看的字体写着：“爱你。”

每天晚上，陆先生闭上自己的眼睛躺在黑暗中，总能看到一只猫，安安静静地走在一片浓雾之中，散也散不去。

HELLO KITTY
25CM × 40CM
油画
少华 绘

HELLO KITTY

春夏秋冬这四个季节，小艾最喜欢下雪，白茫茫的一切让世界变得很纯粹，路是白的，建筑也是白的。小艾在雪天里最爱做的事就是看着积雪落在地上，大片大片地挡住城市原来的不堪，把各种陈旧、污秽、灰色的建筑跟没有绿色近乎休眠的植物群盖起来。

扫雪车这么令人反感的存在，实在令她不悦。白色的雪多好啊，为什么就为了方便，把它们给扫了呢？

小艾也特别爱干净，每天都要洗很多次手。除此之外，在学校、在周末、在暑假和寒假，小艾算是一个不错的闺蜜：对饮料的口味、对小吃的口味、对音乐的口味、对自拍的口味都很相近，让她和其他几个高中女生一起开开心心地倒计时考大学的日子。

偶尔在小艾不愿意回家的时候，闺蜜们会轮流跟父母商量，让她可以住在某一个闺蜜的家里。小艾会带着自己的东西，包括印着 HELLO KITTY 的睡衣、拖鞋、牙刷、毛巾到别人家住上一晚。

小艾不愿意回家的原因只会有两个，躺在床上的姥爷又喝高了，骂骂咧咧；或者妈妈把新交的男朋友带回了家。2 室 2 厅的房子改成了 3 室 1 厅，一个人一间，三代人住在一个屋檐之下，磕磕碰碰偶尔有，不过倒也过得去。但在其中一个人变成另一个样子或者多了一个陌生人的时候，小艾就觉得实在待不下去了。

姥爷不喝酒的时候，是个沉默的人，沉默地做饭、沉默地看电视、沉默地下楼跟其他老人们下棋。爸爸活着的时候，说过姥爷当年打过土匪，一枪干掉一个，有一次干掉了十多个。但是自

HELLO KITTY
25CM × 40CM
油画
少华 绘

从姥姥过世了，这个老人就变了一个样子，沉默了，更爱喝酒了，喝多了就话多，继续喝就要打人摔东西，有一次打得爸爸爬不起来。当年把姥爷接来，是因为家里的地被征了，姥爷跟姥姥的小院子变成了开发区的大马路，白天晚上都孤孤单单的。姥爷看了很生气，还去区政府闹过一次，说，征了地也没见有企业开工，倒是佛罗伦萨小别墅、左岸官邸盖了一座又一座。

雪来之前，天是阴的。

好像把一场大雪都积在天上了，压得云厚得像席梦思床垫。等雪落下来的时候，天好像就一点一点轻松起来，床垫从底部开始慢慢变薄。但有时候雪一下就一天一夜，好像有人在把床垫底部一层一层刮下来，又有人在床垫上面一层一层重新撒上了厚厚的雪花。

一年里有那么几个月，姥爷会被叔叔们接回各自家里。小艾也会带闺蜜同学来家里玩，除了吃饭上厕所，绝对不出自己房间。同学问小艾，为什么满屋子 HELLO KITTY？小艾说，她们可爱啊。同学说，可爱归可爱，都满屋子了，你怎么还买，都要放不下了，有这钱，能吃点好的或者攒下来万一将来要用呢？小艾说，以后吧，以后再说。同学问，你以后想干什么啊？上什么班？小艾说，我不想上班，我想开个店，卖衣服或者卖奶茶，都要印上 HELLO KITTY。

小艾基本上每个月都要去文具店买各种文具，本子、笔、橡皮，必须是印着 HELLO KITTY 的才可以，粉色最好、白色其次，粉粉白白的总能让她露出笑容和戒备心。看着这些东西跟着自己回家，她好像多了一份安全感，即使走在人群里，都觉得自己有力气面对各种拥挤和无序。

妈妈以前还在厂里上班的时候，说话声音很大，会大声地跟爸爸吵架，也会大声地在家里责骂小艾。但那个时候家里还像个家，周末能一家人出门吃点好的，晚上能一起看个电视，即使家里来了人一起聚餐，也是笑声多多。

后来，爸爸跟人打架死在了外面，这家，就没那么热闹了。爸爸死了快两年以后，妈妈经常带不同的男人回来，高个儿的、胖的、留胡子的、开好车的，都有。有一次，一个喝多了的瘦男人跟妈妈回来过夜，晚上居然敲小艾的门。小艾在屋里吓得不敢开门，妈妈起床把那个男人臭骂一顿。对于小艾，第二天她也没说什么，只是多给了 500 块零花钱。小艾接过钱，就去买了第一个 HELLO KITTY 文具礼盒。看着那个带着蝴蝶结没有表情呆呆胖胖的卡通猫，小艾在自己房间里，开始觉得踏实了。

慢慢的，她的房间里带着 HELLO KITTY 形象的东西越来越多，被子、枕头、床单、窗帘、地垫、拖鞋、杯子、鼠标、键盘。而家里小艾用的东西也都变得很统一，碗筷、勺子、牙刷、毛巾，都变得粉粉嫩嫩，各种造型的 KITTY 猫给这些生活用品打上了小艾的专属 LOGO。

发育的姑娘，总有说不出的急躁，小艾也是。随着妈妈换男朋友越来越勤，她看小艾的眼神，也变得刻薄了。有次早上，小艾起床找不到洗脸毛巾，找来找去，却在沙发角上找到擦满男女污物的那条毛巾。小艾红着眼睛去了学校，晚上在同学家里待着不想回去，给妈妈发了短信，也懒得理会她是否同意。可第二天放学回家，妈妈的眼神盯着小艾，冷不丁冒出一句“长大了想男

HELLO KITTY
25CM × 40CM
油画
少华 绘

人了是吧，晚上必须回来”。小艾实在不知道该怎么回答，摔了门气呼呼地回到自己房间抱着HELLO KITTY难过了很久，不去理会妈妈在门外的咒骂。

从那个时候，小艾开始偷偷地攒钱，周末跟朋友去跳蚤市场摆摊，五十、一百地赚起来，攒起来。闺蜜同学看着她银行卡里的数字，问小艾想干嘛？小艾说，给自己的店攒房租。

可后来，小艾还是拿这钱去打了胎。

隔壁班的小哥追了小艾很久，上学接小艾，放学送小艾，中午陪小艾一起去学校后门吃小艾喜欢吃的东西。最终，小艾还是在闺蜜同学的一片同意支持的意见中，同意了小哥的请求。小艾未来的小店多了一个跑腿的、送饭的，在她的幻想里，小哥会帮他一起进货、守店。即使这个店还没开起来，可他的角色已经被小艾确定在那里了。

情人节前一天，小哥跑来给了小艾一个礼物盒子，小艾打开看到一个镶满了水钻的HELLO KITTY小玩偶，和一个印着HELLO KITTY的安全套。小艾觉得心里很开心，也就开开心心地跟小哥吃饭、看电影、去酒店。小艾忍着疼，抱着小哥安安静静地过了几个小时，在午夜十二点前回到家里。一个月后，小艾知道自己怀孕了，小哥凑了1000，她拿着自己攒的钱，一起去医院打胎。事后，小艾在家里病休了几天，还是被妈妈发现了端倪。

妈妈拦住在家陪小艾的小哥，说小哥不解释清楚就不让他出门，拍照、押身份证、留小哥家里跟他父母的手机号码，一系列要求被红着脸的小哥一一照办后，才让小哥离开。

后来，妈妈也默许了小哥经常来家里。直到有一天，小艾在学校没有碰到小哥，逃课回家看到妈妈跟一丝不挂的小哥躺在自己床上。

小艾一个月没跟妈妈说话，直到妈妈拿出5000块，让她把自己房间所有的HELLO KITTY换成新的。小艾把自己房间里原先那些印着HELLO KITTY的东西，一个一个的在学校里、在周末的跳蚤市场、在二手网络平台卖了。

冬天来了，雪来了，没有往年大，但是第一场雪下了足足两天。漫天白茫茫里，有一栋居民楼里，靠窗的位置坐着一个姑娘，抱着一个毛绒HELLO KITTY玩具，看着窗外的世界从一片混沌变成白色。

后记

过去是一切已经发生的事件和时间的综合产物，而我们每一秒所感知的所有，雨滴、地铁里的风、新车的味道、穿上干净内衣时候身体的触感，都成了过去。

那些没看到的、没法听到的、没法握紧的，我们都把它们划归到两个不同的集合，或者是过去，或者是未来。

但我们从不可能理性地认为，那些就是我们视线之外的当下，因为当下，已经变成了发生过的事件和时间的集合。

于是，我们一遍一遍不忍回首，把希望全部放在没有发生的时间里——等待未来。

某个季节的某个周五下班，吃过晚饭，你坐在沙发上，情不自禁地看着手机。社交平台的文字、图片从眼前划过去，你的颈椎变得有点不舒服，可你还是不停地刷着那些没有什么意义，至少在那一刻对你没有任何意义的文字和图片。

五年、十年，朋友从少女变妈妈，同事从宅男变暖父，世界已经遗弃了无数个炫极一时的APP，消费了无数顿简餐团购，结束了无数段情感关系。

终于，无数个不愿意改变的小习惯，反过头来却彻底地改变了我们，让我们变成那个自己也讨厌的人。

当流感来临的时候，病人需要降低体温、减轻疼痛，医嘱可以使用含有乙酰胺基酚、阿司匹林、双氯芬酸钠、氨基比林这样的药物。当然，服药的部分人群，或许因此伤及身体。不过，用药不多的时候他们几乎感觉不到任何副作用。

我们无数次地在末世电影里演绎某种病毒传播的情节，人们的身体开始发生着巨大的变化。主人公们察觉到这一切，与危机下的偷生者们一起努力寻找拯救生命的良方。于是，实验室里仅剩1支的试剂燃起了他们求生的希望，细胞在电子显微镜下不断繁殖。加入这灵丹妙药之后，生命力异常顽强的可怕细菌可以在转瞬之间消失殆尽。主人公借助大面积喷洒解药，或者更幼稚的方法，在短短的时间里治愈了所有人，世界的轨迹恢复正常，嘈杂与普通开始了各自的继续。

可是，如果主人公没有找到解决的办法呢？或者，没有人认为周围的人已经病了，继续正常的生活呢？抑或，这些小病菌，就是造成我们个体差异最根本的东西，像乳酸菌一样，没准儿，对我们有益，让我们继续不一样的生活。

这个城市的礼拜一到礼拜天，天气时好时坏，风试图改变城市的节奏。但人们执意四处奔波，也妄想着改变陈设在城里的人与事。阳光灿烂的时候，有知道病情来医院排队彻底检查的人；阴雨绵绵的时候，也有大部分跟我们一样的男人和女人，仍然不知道潜伏在未来的可怕，傻傻地等待被病毒宣判。

有时候，我们偶尔离开了那些布满了病毒的地方，回头看看监控录像里自己的生活，屏幕里一个又一个小小的人影就像关在笼子里的宠物，或者鱼缸里漂亮的热带鱼，他们做着你不理解的事情，一件又一件，已成了习惯。

王蕾

2016年3月4日，上海